請問少年

詹佳鑫

目錄
CONTENTS

輯一——建中小少年

輯二——臺大二三事

輯三——家事

輯四——情悟

輯五——日常顯微鏡

輯六——國文老師新上路

推薦序（一）——帶體內少年河濱散步

楊佳嫻

青春應該長什麼樣子——為一朵花來觸碰而微微發燙？握過閃電還能安穩睡著？

詹佳鑫在男校裡教書，但樣子還像個大學生；我聽過他談詩，調皮中也有些老練。少年就開啟創作生涯，可以想見早熟；那份早熟通常是敏感，比別人想得更深也讀得更多，至少用兩層目光看世界，一層屬於少年無畏，另一層則從文學藝術來補強尚未豐盈的現實體驗，借千百年積累與當下感應，蘊育多面向的同情共感之力。

於是，《請問少年》就成形了。詹佳鑫愛詩，第一本著作是詩集，第二本著作才是更直截吐露的散文集，集合了二〇一〇到二〇二三年的創作，橫跨中學時代到出社會工作，書中幾乎按照人生階段分輯，恰恰能讓讀者捉摸出青春遊走路線，在哪裡為了霧或歌聲迷路，在哪裡停步因為心猛然跳動宛如拘住了一頭小獸。羅智成詩裡說深夜帶體內少年散步，《請問少年》，問的就是那位始終住在體內的少年嗎？為創作者記得他的變化，為失落者記得他的純真。

開篇〈蒼蠅人〉寫上課神遊物外，本是學生常態，早熟少年已另有體悟：「也許培養一種低調的自甘墮落能讓生活更立體，和孤寂故作相安無事，彷彿什麼也沒發生。這是有自信的百無聊賴，這是自視清高卻乏人問津的潔身自愛。」這一連串由四字詞組成的敘述刻意流暢簡直諷刺——昨日當我年輕時，最不甘心的就是「又被套在公式裡」的無可奈何。

閱讀、寫作、戀愛，都具有突破公式人生的潛能，也成為《請問少年》幾個明顯的主題。閱讀讓身體即使困在方寸教室，仍能翻過遙遠山頭，寫作讓洶湧的心有岸可去，而戀愛永動機永恆驅策波浪。如同佳鑫在〈黃金葛〉這首詩裡寫，「群書之上，我占領一方安全的陰影／睡眠、呼吸，伸展青青的憂鬱／不至於矯情」，「青青的憂鬱」從群書托庇的陰影中長出，也許範圍有限，卻是成長的紛亂裡可掌握的真實。

全書涉及三處校園，建中、臺大，以及佳鑫教書的新竹中學。「校園」一直是重要的文學空間，楊照寫建中、簡媜和邱妙津寫臺大，幾乎成為跨世代文藝少年少女的自我指認與未來想像。甚至可以視之為粗礪現實裡的一處異托邦，標誌特定的時間與空間，「天比較藍，太陽比較亮，風比較暖和」（李渝〈朵雲〉）或「體液和淚水清新如花露，人們比較願意隨它要落就落」（朱天心〈古都〉），人生最純粹最瘋狂的事都在裏頭發生，即〈杜鵑花事〉自我調侃的「人不雷殘枉少年」。不過，沉靜下來，也頗可見恍惚中一瞥清明，如〈臺大小札之一〉裡記下課堂上聽老師說「生命就是不斷對無常做練習」，對照本書後半部「家事」、「情悟」兩輯，尤其可見「練習」與「無常」的意義。

「家事」中寫家族細瑣裡的懷戀和憬悟，〈一對父子在路上〉比對作為父親機車乘客和父親陪自己考照的心情，〈香事〉娓娓敘寫母親長期在市場內向金紙店租一角攤位做生意，他因此熟悉香粉沉厚的氣息，〈紙彈男孩〉記憶小男孩之間無猜的相處，紙彈有其超乎想像的重量，餘留一絲惆悵。「家事」十篇作品，像一一撿拾起散落家屋內外的彈珠，剔透中映照大人逐漸老去、自己逐漸懂事，那日常線頭讓讀者還能追溯到另外一輯「日常顯微鏡」，同樣十篇作品，最精采者莫過於聚焦自我身體傷損如〈在復健室〉、〈牙病〉（還可以和收在「國文老師新上路」輯裡的兩篇〈求聲記〉並看），以及〈輻射飛椅的秘密〉中的成人況味：「我們在煩悶與無奈中擦撞、隱忍、妥協，離開真實地面，在半空旋轉來回，一圈，兩圈，三圈，倦怠而無感，無法提早離開。」

至於「情悟」一輯裡遊蕩於河濱、診間、手機閃爍方塊、異國雪陣裡的種種——我將這批作品也視為一種「復健」，只是這已非〈在復健室〉裡的電療和牽引，沒有任何神效藥物或機臺可以妥善擺放疼痛的身心，而是藉著文字，向自我揭開創口，沖去血塊，注視著新肉將一點一點長出，浮凸如徽章，之後能贏回一個多了點什麼的自己。

有趣的是，《請問少年》不以抒情為唯一線索，考研究所見聞、當了老師怎麼實施教學方案等等，也相當認真留下紀錄。本書也不僅僅留駐於生活大事，尤其中學、大學時期的散文，尤其常描寫發呆情狀，聽課時發呆，喝珍珠奶茶時發呆，圖書館裡發呆；我以為這是十足青春證據，啊那樣的年紀裡我們總以為時間永遠富足。

推薦序（二）——靈魂的年輕

盛浩偉

和佳鑫認識這麼久，回想起來才覺得奇妙。我們所經歷的路徑太相似了：高中都是建中，都得過校內的紅樓文學獎，然後都在高三那年得到台積電青年學生文學獎。到了大學，又同樣讀臺大，佳鑫念中文系，我雙主修中文系；畢業之後，竟然都還選擇了一樣的臺灣文學研究所繼續攻讀碩士。

我大佳鑫四歲，所以這些路徑是一前一後走過的，我先，他後，在研究所之前幾乎沒有重疊（收到《請問少年》書稿和邀約信時，我還特地回去翻找對話記錄。雖然更早就相識，但應該也是到了研究所期間才開始在社群網路上聊天的）。這路我自己走得崎嶇，碰過很多意料之外的事，交換留學、延畢、更換指導教授等等，肯定沒辦法成為任何人效法的榜樣。卻也正因為這樣，想到佳鑫偶然地和我走過了相似的一條路，想到這代表在這麼多人生岐路的節點上，我們都做了一連串相似的選擇，就不禁感到，也許我們內在真的有非常像的部分也說不定。

「也許我們內在真的有非常像的部分也說不定」，會這麼說，是因為在我心底，覺得自己和佳鑫實在相當不同。這不同，當然包括佳鑫寫詩，我則寫詩以外的；但更重要的是我對詹佳鑫本人的印象，他總是樂觀、良善、活潑，對佳鑫作品的印象，則是乾淨、輕盈、明亮。若要一言以蔽之，我會說：佳鑫很年輕。特別年輕。不是生理上的年輕，是精神上的年輕，或者，要說是靈魂上的年輕，也不為過。一般而言，其實年輕這個形容未必都是正面的，有時不免帶著小覷的眼光；用在創作上，還可能隱含過度單純天真、看得不夠透澈的負面意味。但佳鑫的「年輕」並非如此。那是他獨有的個人風格，一面專屬於他自己的濾鏡，順著他的文字，讀者總會讀到這個世界年輕的一面，也能照見自己內在尚保有年輕的角落。

比如，在讀《請問少年》的輯一「建中小少年」與輯二「臺大二三事」時，我瞬間就被吸入他所描寫的那個時空裡，想起了十幾二十年前，那個剛從只有讀書考試的校園升學生活接觸到更多彩多姿世界的心情，或者是那些人際之間的小吵小鬧、大學課堂的作業、成人看起來沒什麼大不了但對青少年而言卻很重要的事，以及許多時代的印記，比如才剛滲入人們生活的臉書等社群媒體，或是如今已經改名的赫哲補習班，煞是令人懷念。而讀到〈臺大小札記之二〉寫茹素的心得：「素食本不煩，簡簡單單，那像是返本的一種寧靜練習。覺得煩的時候，想想可愛小動物，就慶幸：我是給自己找麻煩」，那語調，彷彿佳鑫真的坐在我面前，滿臉笑容地和我這樣訴說一樣。

書裡青春的片段俯拾即是，篇幅較長的幾篇散文，則讓人感受到佳鑫情感的厚度與心的皺摺。比如寫愛情的〈回診〉、寫身體的〈在復健室〉，還有寫教學的〈國文課二三事〉，其關懷正好對應到自己、愛人、志業，我想，或許也是佳鑫現階段人生最在乎的幾件事情了吧。在〈回診〉及之後的諸篇抒發失戀之作，相對地比較能看見憂慮、失望、傷心等負面情感，但敘述起來卻依然帶有他一貫的「年輕」感。具體而言，那是一種能夠真誠相信理想的質性，縱使知道會有陰影，也不讓陰影占據內心的本能。是了，或許年輕最害怕的就是耽溺痛苦、過分自憐，可佳鑫不陷入其中，如〈望夫石，起來！〉最後那聲湧上心頭的強烈吶喊，或如〈合掌村合掌〉給出「一份遙遠寧靜的祝福」，都可說是這美好本能的體現。

書裡最令我低迴的是〈前往詩的光點〉。佳鑫寫到吳岱穎老師對他在詩藝路上的啟蒙，我也才依稀記起，最初會認得佳鑫，應該也是某次吳岱穎老師向我介紹的吧。我無緣親炙吳岱穎老師，只是在高二、高三時知道國文科來了吳岱穎、凌性傑兩位詩人老師，之後才接連讀到他們文學獎獲獎作品，深深為詩中情感所震動。畢業那年，我有幸得了文學獎，也因而結識兩位老師，之後便偶爾有機會收穫二位的文學意見，點滴銘感於心。如今好多事情都過去了，吳岱穎老師也已然辭世，但看著佳鑫的文字記下了那些消逝的場景，也讓我重溫了那些不曾體會的、錯過的事物，心裡既是感嘆種種緣分的奇妙，也是感謝文學的奇妙。

自序——少年自在

建中畢典傍晚，蟬聲嘹亮，燠熱的操場中央，我穿一雙富發牌火紅中筒靴，亮橘鞋帶，卡其制服別一朵鮮紅胸花（還拆掉鈕扣改縫新款）。指間殘留GATSBY甜香髮蠟味，壓著鼻翼一顆青春痘，內心翻湧著興奮與快活。橙紫彩霞連綿流動，草坪微震，腳底痲癢，高三男孩與地球熔岩鼓躁喧嘩，踢躂踢躂，一雙腳就要燃出火焰，蹲伏，向前方閃電飛奔。

我在二〇〇八年吊車尾考進建中，那時還稱作「基測」（國民中學學生基本學力測驗），有兩次機會，考五科，每科滿分六十，作文六級再乘以二，總分三百一十二。我二百九十六低飛通過。記得高一開學第一天，我把墨綠帆布書包反背，讓「建國中學」四字朝內，不敢讓旁人看到校名。是慚愧名不副實？擔心被注目？抑或攙雜了曲折矛盾的自豪與恐懼？當年十五歲的我還不明白。往後的日子裡，晨光與夕照流轉的南海路上，儘管腳步迅疾，心中卻常感覺落後。

青春期的自我探索是困難的。向世界使勁拋出的許多問號，最後總如迴力鏢回返己身：我是誰？我為何在這裡？我要往哪裡去？這個迷惘的「我」，匯聚他人眼光與社會價值的鏡像反射，易感的心與脆弱的自尊，在課業與人際間懸晃擺盪。為了證明自身的存在，歡悅與哀嘆都如此斬釘截鐵，藉觀察與評點外界來閃躲內心惶惑，故作姿態，對抗虛無，呢喃著青春生澀的犬儒。

本書輯一篇章，大多寫於高中時期。敏銳的讀者當能察覺前後諸篇生熟有別，以及字裡行間稚拙的氣味。少年寫作，小題大作，沒有誰邀稿，也沒有截稿日，總愛捕捉碎散靈光有感而發（總是憂愁居多）。記得高一周麗麗老師在國文課上，當著全班鼓勵我：「不要放下手中的筆。」沒想到這些粗枝大葉的潦草文字，有日竟能集結成冊（這也是類青春的一種勇氣？）

阿公和母親都望我當醫生，我在高三卻只填臺大中文系，沒上就重考。聽來爽快俐落，甚至帶點「自私」。阿公後來常怨嘆，可惜啊，市長獎畢業讀中文系？可惜啊，以後要做啥？

背負雙親與家族「唯一男丁」的期待，說沒事當然是騙人。在許多向我投以「希望」的眼神裡，彷彿那些空缺的、錯過的，都能從我身上重新長出來。建中三年，強者環伺，天賦、才華與努力並具，在青春有限的視野裡，成績總是（被）排在前面。我也不知潛意識是否植入了什麼，卻總覺內心深處，想把這份沉重壓力轉化為正向的能量。我有夢想，我想找到自我的價值，而這不必透過與他人的較勁來實現。這或許是菜市場小孩的人格特質，也可能是一種自然的呼喚。我是何時開始不再對建中、臺大這些「頭銜」感到尷尬呢？升學主義、優勢者論述、失敗社會學、親子關係、青少年心理學……啊，都是好後來的事了。

高二時聽學長說，從臺大正門走到後門法學院要二十分鐘。我心生嚮往，天下哪有這麼大的學校？記得當年一階放榜後，要到臺大普通教學館考中文系二階筆試，寫A、B兩份卷子。那時每天都翻古文觀止（兼讀簡媜《水問》），晚自習看著印有臺大地圖的A4資料夾，看著那條延伸的椰林大道，想像自己騎車吹風，白雲悠悠，椰子樹招手，內心一陣澎湃——我、要、去！

在臺大一晃眼也讀了七年書，我非常喜歡這所學校。它讓我體會自身的渺小，眺望世界的廣闊，學習承擔知識分子的社會責任。當然，這裡的後青春期也令人莞爾：開學時如樂透的綠色加簽單。被拖去水源的小摺。活大五十元素食簡餐。球雀、松鼠、大笨鳥。誠品與路易莎。開心農場與春山茶水。舉辦文藝營，在深夜兩點的麥當勞看稿喝雪碧。窩在二十四小時總圖B1苦讀聲韻學。在計中寫完艱難的史記報告，也在那裡撓首苦思，文獻回顧，最終完成論文上傳，走出館外，半夜的桃花心木道星光燦爛……

§

恍惚睜眼，BOT寢室飄著稀淡晨光。室友已出門，我側臥在床，悶裹一身溼汗。昨晚寫論文的電腦螢幕反照米灰百葉窗，橫躺著看，像窄梯，一層一層，不知通往哪裡。

醫生叮嚀我要多曬太陽。睡衣下樓，也沒洗臉刷牙，晃到三總對面吃水果三明治。雅芬學姐騎腳踏車經過，看我一臉失神，上前關心。我無法遏止地流眼淚，無助望著她。接下面紙，擔心她遲到，說沒事沒事快去上課吧。老闆一臉疑惑，我尷尬難堪，匆匆離去，轉進小巷遊蕩。

那是二〇一七年夏天，蟬聲乾燥，意識遲鈍，早上十點多的太陽白燙刺眼，汗溼了背，整個人像被抽乾，日子掏空成一個大洞。越走越覺窒息，心窩潮浪翻捲，一波波帶著記憶襲來。恍惚繞到小型停車場，躲在一輛銀色轎車後，蹲下來，哭。黑影裡只有一個我，想及整個暑假漫長空曠，不知該如何是好。

碩士班二年級，我遇見了D。在一起的時間並不長，台北花蓮，島嶼兩端，白紙般的初戀，所有的線條圖像都如此鮮明。聚少離多的日子，我們或有愛的心意，卻少了愛的能力。雙心有隔，殷殷的期盼裡，有許多的猶豫和為難。

輯四「情悟」零星記錄這段美麗而艱困的初戀。原先交稿時，其實並未收入此輯。內在外在，我有太多的擔憂和顧慮。同性情愫，自己內心明白，然在求學過程中、現實社會或隱或顯的歧視與誤解裡，原初清澈的悸動，彷彿也變得不明而混濁。在性別認同的成長路上，也曾自我懷疑、進退失據。無法自然表達的愛與喜歡，如沉重石塊，隱隱壓在胸口。

大學時開始閱讀、修課，關注社會運動，接觸理論，瞭解「性／別」在人類歷史、政治與文化中是如何被建構生成，又如何被複製鞏固，進而成為權力與秩序。這段時間，是我研究性別議題、接納自身性向，慢慢長出自信與力量的關鍵期。或許，是這份遲來的勇氣與巧合，讓我遇見了D。我記得彼此相遇時的單純、害羞與心動，也記得別離的烏雲。

第一篇〈小D〉寫於熱戀期，其餘皆是分開三年後，因內心暗潮隱伏，回視瘀傷，突發衝動，決定以文字直面陰影，作為鄭重的、對過往自我的告別。傷感字句中，我照見無知的貪執與迷妄，也看見彼此的付出與承擔。若情愛是人間的一場修煉，我想對自己誠實。儘管那份珍貴的釋懷坦然，需要用時光與淚水來交換。

斷簡殘篇，亦為成長的一部分，裡頭有一個真實的「我」。因為失去，所以完成，曾經的徬徨與痛楚，已漸隨時間飄飛、散逸。作為散文，作為個我的文學，或許還能發揮那麼一點同情共感的力量，為陷溺感情的辛苦人，捎來支持與撫慰。同時，練習心疼並肯定自己，沒有放棄成長的意志，慢慢地，找回自我的價值。

我想謝謝D。謝謝你讓我體會純真的愛情，讓我更認識自己。某年冬天，獨訪日本合掌村，天地人間向我展示如詩的潔白與寧靜，像一份給彼此的祝福。若我能為情所困，也能因情而悟。相信認真愛過的我們，將更加從容、成熟而豐盛。

§

高中時絕對想不到，有天會回母校實習，轉換身份，見招拆招，感受導師有如千手觀音的幕後挑戰。看見每位孩子的特質、改變與成就，更覺教育這行之深邃迷人。最後一堂課公開演示〈左忠毅公軼事〉，左光斗與史可法師生忠毅精神的感召與傳承，讓我想起當年考高中，作文題目是〈當一天的老師〉，考大學是〈學校與學生的關係〉。就這麼巧，從小到大，彷彿一首詩，隱隱預示一條教師之路。

當今臺灣的教師甄試缺額稀少，且難度非常高。從教育學程甄選、專業科目修課、全國教師檢定、入校實習半年，一直到四月開始全台各地初試，包羅萬象的茫茫題海，複試直接抽題教學、緊接專業口試，再到校長主任的行政端面試，過關斬將，每位老師無不火力全開，各顯神通。當年我發了瘋似的苦熬準備，立志應屆就上，筆尖著火，寢不安眠，衝衝衝，考三間上兩間，整整瘦了五公斤。一日傍晚，接獲教授報喜——新竹高中三百八十八人正取一！范進中舉，我在客廳大叫出聲，心跳如鼓，難以置信。

在高中教書樂趣無窮，卻也十分耗費體力。每日與百多位十七歲男孩相處，青春期能量爆棚，看小獸們蹦跳嘶吼，反應敏捷，發現自己早已無法像他們那樣，無辜，賴皮，尖叫狂笑而不顧形象，偶爾自棄耍廢但總有人接住他。

內行人都明白，當中學導師，難的不是教書，是教人。孩子的生活習慣、學習態度、責任感非一日形成，許多細節與人情常有難使力之處，背後更有不可抗力的結構性因素。某日中午到班上和學測戰士聊天，瞥見那常在課堂補眠的小孩一臉渙散，眼皮未完全撐開，像被催眠一般打開便當鐵盒，又旋開另一杯冒煙綠咖哩，失神澆淋飯上，抖腳咀嚼，看不出到底餓還不餓。慣性的睡和吃，日復如是。那瞬間我深深同理他母親的煩憂與勞苦，幾通電話聯繫，盡是對孩子的掛慮擔心。

我安慰她，提供一些親子溝通與相處方法，卻也只能如此。她是如何在疲憊下班後，打開冰箱，切菜，洗菜，熬煮一鍋綠咖哩，一日一日為孩子做便當？當孩子怒甩房門，沉迷手遊，沒有任何目標，考卷亂猜也不在乎能否畢業，她如何在暗夜獨自吞下無奈與傷心？

我們都知道生命自主，最終都必須自我承擔。人與人相處需拿捏界線，太遠冷漠無情，太近則逼迫控制。在父母比孩子更在意的升學事上，高中老師往往在為未成年的生命設想，督促，鼓勵，用心但不能濫情，換句話講孩子聽得懂的道理。他畢業後不見得記得你，但你不會忘記他。

偽造簽名、考試作弊、謊報班費、自卑憂鬱、性平事件、網路霸凌、翹課逃家、被集團詐騙、拿刀割大腿、三餐不吃只為買遊戲點數……在深夜話筒另一端，我聆聽許多疼痛且破碎的心。爸爸跟我說，不要跟孩子說，怕他有防衛。孩子跟我說，不要跟爸爸說，不然我就退學。我成了秘密的封口瓶，在海上漂流。

我不曉得每位孩子帶著怎樣的經歷來到這裡，儘管處理許多大小事件，肩負青春難以承受之重，能夠相遇，我總相信冥冥中有善緣牽引。一次親師座談會中，我在台上講到哽咽。許是因內心深處，也有和孩子們一樣的無助感覺。相似的期待與無奈，年復一年；那些過勞的臉、無人理解的傷，在光亮的外表下靜靜發炎。

青春的惶惑與孤獨，總蒙著傷感色澤，身為教育工作者，有時不免悵惘無助。孩子們見我愁眉，會跳奇怪的舞，或說冷笑話給我聽。儘管教育現場有太多的無解，我仍感受到特別的溫暖與善意。三十歲生日那天，早上剛進辦公室，就收到孩子的星巴克蛋糕和卡片（因提早買蛋糕所以沒遲到）。上午連三節，小孩幫我過生日，問我有帶第二件衣服嗎？我說誰敢砸我派或刮鬍泡就死定了（畢竟本人期許的教師形象乃望之儼然，即之也溫）。結果毫無暴動場面，全班大唱走音的生日快樂歌，送上珍珠奶茶、巧克力、手作餅乾和生日蛋糕，我在驚喜又溫馨的燭光中許願。

本書開篇〈蒼蠅人〉寫於高三，收結於新任教師〈永恆迴盪的鐘聲〉，剛好十年。好奇易感的少年，自台下走到台上，從男校到另一間男校，制服繡字從寶藍變草綠（儘管學生總是不愛穿）。在這看似迴環的成長路上，00後、10後、20後……青春迎面而來，眼眸明澈有光，我想與少年們分享生命裡不變的正直、智慧與善良。對內，自律、自省、自覺；對外，感恩、善解、愛人。有天，他們終將揮舞專屬的魔杖，離開霍格華茲，走出青春無敵的護法。在那些看不見的遠方，記得或遺忘，我深深祝福：願藍天晴朗，鳥語花香，種子抽出嫩芽，伸展茁壯，向著光，綻放自己的理想……

§

《請問少年》各輯大致依成長時間線性排序，斟酌部分篇章主題近似，亦有交錯編排者。整理作品繫年與出處，懷念中頗見猶豫羞赧：如此青春少作真要出來見人嗎？從師者角度回望，日日年年，是這些文字陪伴了我。作為文學路上的見習生，有好多好多，要誠摯感謝的恩人。

首先感謝母親、父親。你們是菜市場最耀眼的明星，在熱膩油煙與零錢碎鈔中撐起家庭，含辛茹苦，育我成人，包容我的叛逆、魯莽與無知。親恩浩蕩，無以回報，願立身行道，無忝爾所生。

感謝求學路上的班導師：北投國小鄭月英老師、張家燕老師、王惠榮老師；石牌國中周穎娟老師；建國中學陳梅玲老師和董秀婷老師。如今亦為人師，深切知曉帶班之不易。這份對孩子的愛與用心，我將繼續傳承下去。

感謝啟蒙、指導我閱讀與寫作的師長：北投國小黃桂淼老師、石牌國中徐高鳳老師、建國中學周杏芬老師、凌性傑老師與吳岱穎老師，以及實習時予我諸多照顧的建中國文科師長們。點點滴滴，銘記於心，我願效法成為文學引路人。

感謝《自由時報》花編副刊彭樹君老師，《中華日報》副刊羊憶玫老師。素未謀面，然當年郵件中的提點與鼓勵，予我信心，讓高中的我創作至今。感謝《聯合報》副刊的瑜雯姐、盛弘哥、胡靖、姵穎和立安，從台積電青年學生文學獎，聯副一路提攜相伴，有幸參與多年大小文學盛事，我無比珍惜。

感謝臺大中文系、臺大臺文所與師培中心，予我文學視野、研究理論與教育專業的重要養分。感謝論文指導張俐璇教授、國文科教材教法侯潔之教授，您們嚴謹的治學示範，是我的榜樣。

謝謝臺大心輔中心的芊羽姐姐。我記得每次擦乾眼淚，走出諮商室看見的陽光。我也想將這份聆聽的力量、溫暖的支持帶給學生。

謝謝我的閨蜜怡蘭、徐昀、蘋芬、江昇、黑熊、若雯，那些苦甜交織的秘密與默契，你們都懂得。

謝謝建中導師班211，竹中導師班110、303、314，以及所有我遇見的學生。是你們讓我明白當老師的意義與價值，體會幸福的負荷。

感謝竹中國文科，初至異地，甫為人師，忙亂日子裡，幸有哥哥姐姐們的愛護照顧，讓我不致無助孤獨。

感謝聯經總編輯豐恩的邀約，謝謝柏廷、芳琪、羽柔前前後後的費心聯繫與建議。本書能成，你們是最大功臣。

感謝楊佳嫻老師、盛浩偉學長特地為此書作序。感謝未秧、李蘋芬、林達陽、凌性傑、孫梓評、馬翊航、陳柏煜、陳繁齊、楊富閔諸位師長與文友的推薦。感謝國藝會評審對《請問少年》的肯定。序文至此是寫長了，拙著承蒙厚愛，不勝感激。

當年十八歲的我，在夏夜操場吹著風，仰望璀璨花火，猛然一陣心跳。我知道我將迎接許多未知的美好與挫傷，繼續勇敢向前闖蕩。時光悠悠，這本小書默默載著期許與祝福，像一份跨越時空的青春禮物。願自由，願可愛，蜿蜒的成長路上，停留或奔跑，回顧或前瞻，青春如是，少年自在。

,,

輯一

建中小少年

蒼蠅人

下午第一節課，老師在臺上講得口沫橫飛，307卻一片死氣沉沉。彷彿大家尚未完全脫離夢境，空氣重得連抬一下眼皮都嫌累。我努力在清醒與睡意間取得平衡，至少不要表現得過於平庸。

我托著半夢半醒的頭顱，心不在焉。教室像被打了柔焦鏡頭，電風扇在天花板上嗡嗡旋轉，有風輕輕壓在我們柔軟的髮上，我感覺到夏天的重量。然而這教室還有另一種聲音，細細小小，似遠似近，我努力用耳朵找尋，聲音卻漸弱消失。

正當我欲放棄這無聊的搜尋，一隻蒼蠅停落在眼前的橡皮擦上。這一刻讓我異常專注。屏息凝視，牠的頭有身體三分之一大，兩隻眼睛約占了頭體積的一半。六隻腳細細長長，上面長滿尖短的體毛，一對透明翅翼緊黏在黑灰相間的弧形背後，隱約閃著暗紅與螢綠。兩隻敏感的前腳東搓西搓，似乎在自我清潔，又像在盤算什麼。我看著那些長得像大於小於的細腳，如半蹲一般；冥冥之中，似乎隱藏一股莫名的力量。

我移動目光，聚焦那些翅膀上的黑條紋，它們如一條黑色的河川不斷分支、蔓延，密布整片細薄透明的雙翅。這一刻世界都停止呼息，因為只要一有動靜，可能就會觸動那四千隻複眼的其中一隻，而這將使牠驚慌飛離。我和牠相互對望，也許牠根本沒注意到，只是靜靜停在原地。然而在那麼多隻眼睛中，只要有一隻能與我的眼神交流，這世界將與眾不同。

下課鐘響，同學們在走廊上來回穿梭，每張臉都堆著迥異的表情，那個笑容可掬的方才在facebook上偷完菜；另一個仍因上節課的數學考卷而愁眉苦臉；坐在教室最後一排的L一臉空洞呆滯，安靜讓時間流過他懸空的指間。

我喜歡這樣觀察捕捉每個人的表情，像不勞而獲的小小喜悅。這是我的專長。我可以用我的想像突破他人偽裝的表象，卻常常看不見自己，像殘障。每天按表操課，將自己丟入今日預定公式然後得到已知的結果，循環。這樣的生活儀式讓我厭倦，卻又無從救贖。於是我開始在日子與日子間預留罅隙，是大是小都無妨，只要有縫，我就往那飛。

飛呀飛呀，彷彿忘記時間的存在。我開始習慣在上課時神遊他方，老師口中吐出的字句像塵埃輕輕散逸，隨風而逝。陽光經過遮陽板，在我的桌上投射出幾條平行的直線。我用原子筆排出陽光的痕跡，等到下課鐘響，便知曉今日太陽挪移的速度，而這可以推測放學時天空的明暗程度。我常做些匪夷所思之事，在某些人眼中，這些舉動看似幼稚或愚蠢，但我總覺這空想的時光能讓我觸摸到生活真實的輪廓，每天因此變得從容。

上課時我瞄看每個人，有人偷看爽報、有人大快朵頤，也有人呼呼大睡或交頭接耳討論雜誌上的桂綸鎂……當然這裡面不乏振筆疾書心神專注者。看似多隻眼睛凝視著黑板，其實眼神都在彼此交會，無聲地策劃待會下課要訂五十嵐或163。這種失焦的場景天天上演，但我們習以為常，甚至成了一種魔咒。有時在座位上野叫嘶吼，為了一件小事笑到臉打結也心甘情願。有時懶懶地過一整天，懶得寫筆記，懶得在這時而熱鬧時而故作神聖的教育殿堂裡交涉一場又一場的虛幻人際。有時水深火熱熬段考，才發現那段日子竟莫名出現了目標，看似峰迴路轉，卻是步步絕境——我又被套在公式裡了，而且希望與失望總是同等力道。

也許培養一種低調的自甘墮落能讓生活更立體，和孤寂故作相安無事，彷彿什麼也沒發生。這是有自信的百無聊賴，這是自視清高卻乏人問津的潔身自愛。H曾對我說，這樣的人生觀好頹廢。然而我對體制的質疑可說是與日俱增，但我卻一再地說服自己：用意志力死撐。而這可能衍生出一種怪異的優柔寡斷，我常為了是否要去麵食部而來回踱步，最後只好空著肚子自問自答，表達幼稚抗議。

學校位於車水馬龍的南海路上，就在這城市的中心，但我卻常走進某種疏離。也許我可以逛逛南門市場，揣摩婆婆媽媽的焦躁忙碌；我可以在永和豆漿買塊燒餅，然後坐在Starbucks，聆聽輕快的爵士樂；我可以在金石堂書店前掏出幾枚銅板，聽聽它們在塑膠盆裡的清脆撞擊……但這一切都太刻意。關於虛偽的種種，我卻步，我膽小，我無能為力。我只是這學校裡、這城市裡一個小小的生命，對我而言，當下快樂最重要。在課本的作者欄上胡亂塗鴉、到西門町瞎逛亂買、上YouTube聽聽少女時代，我便能清楚掌握這時代，關於氛圍，關於脈動，就這樣悄悄地醞釀與起伏。我還是習慣自己的世界，多麼熟悉，多麼和藹可親。

記得不久前，北縣等縣市升等直轄市、職棒打假球、法務部長因死刑廢除與否而請辭獲准。甚至更久以前，政府發下消費券，我兩天就花光，對社會的變動無動於衷，復歸拮据。我可以選擇性地關閉某些感官，只接收自己喜愛的事物，其餘拋諸腦後。我常想這樣的能力到底是本能，抑或這城市所賦予？如果臺北是一朵巨大的花，進行著光合作用，那麼隨著人們的遷徙，根便扎得愈來愈深，也蔓延得愈來愈廣。我們又將面臨適應與取捨了，而那古老原始的記憶是否也將遭到質疑，或者能繼續留存，免除被遺忘的可能？

關於這裡的一切，也許我本來就不該知道，不該過問。這是一個充滿光與影、愛與怨、馨香與刺鼻、進入與逃離的城市。轉過街角，黃頭髮藍眼睛迎面而來，紳士帽低腰褲擦身前進。明暗深淺，紅黃藍綠，眼前即景重疊昨日夢境，一切都變得模糊。然而無庸置疑，臺北正在長大茁壯，但我不希望它長太快，因為跟不上時代就象徵老去。我們畏懼老與死，卻對之興致盎然。記得隔壁班同學曾跟我說，再過不久我們就要白髮蒼蒼，就要被推出去晒太陽了。這令我心驚。

於是我在這城市傾斜之前，試著飛離地面。用力拍動翅翼，飛過了車頂、屋簷，平行大廈的牆面向上直衝。我越飛越高，盆地便越陷越深；可我仍會不禁地回頭一瞥，一股原鄉的地心引力狠狠逼近，我不知去向，我無所適從，尚未到達天頂便宿命地垂直墜落。

關於人們的足印，一層層，重重疊疊，然而若有心翻尋，卻也只能在彷彿之中鎩羽而歸。有時在街角遇見故友，萍水相逢卻也只是擦肩而過，我們都懶得給對方眼色。有時我也會懷疑，臺北到底需要怎樣的見證？於是就這樣悄悄飄移，在花瓣與枝葉間嗡嗡飛行，試圖找尋停留的片段。但我總覺心餘力絀，只好每天移動座標，無奈地飛入現實社會為我塑造的模型，也許如此便能感到安心。

我寧願當隻無人知曉的蒼蠅，也不願作心有所絆的人類。然而生命的必然與偶然，不就是一線之隔，而我總在跨越邊界。詩人鄧恩曾說：「沒有人是一座孤島。」其實我們更像群島，只是彼此疏離，互不相識。這比孤單更可怕。又像張愛玲所言：「在時代的高潮來臨之前，斬釘截鐵的事物不過是例外，人們只是感覺日常的一切都有點兒不對，不對到恐怖的程度……」

什麼能直逼恐怖？在存有與失落間徘徊，讓我感受到一股不尋常的力量，那是一種近乎停止，卻又無可奈何的寂寞。就像藝術家傑克梅第的雕塑作品「行走的人」，表面粗糙，身長體枯，而這彷彿就是臺北人的寫照。

於是我成為這城市的旁觀者，用我的複眼聚焦這世界。該來的擋不住，已逝的亦無處招魂。在一隻停駐於橡皮擦上的蒼蠅眼裡，教室是那麼舒適愜意；而在我日漸疲勞、有話難言的眼裡，也許臺北早已是個闃無人煙、荒草漫漫，遍地記憶的廢墟。然而在我們之上，會不會有著另一雙巨大神祕的眼睛，正對這世界嗤之以鼻？

一隻魚的潮流世界

走上西門6號出口，我身陷在無止境的階梯與人潮之中。彷彿無須使力，那股由欲望與青春交會的潮流自會將我向上推擠。我在擁擠的地下樓梯與他人交換空氣，像一隻尚待演化的魚，與旁人相互磨蹭，刮除身上原始的鱗片。地面上的聲音漸漸浮現，汽機車喇叭聲刺耳尖銳。一群魚就這樣集體爬出黑暗深井，適應陽光、呼吸空氣，融入了那些看似早已演化完成的新魚群。

我在捷運出口等朋友，看著魚群爭先恐後從井裡竄游而出。雜亂的腳步聲踢踏踢踏，我仔細辨認每一張臉，有些似缺氧而虛弱慘白，有些則濃妝豔抹花枝招展。從出口處往地下看去，一顆顆人頭上下起伏，像一陣充滿力量的黑色波浪。

我逛街，最常和知心好友，有時則和花錢不眨眼的那種。對於後者我其實是抱著看熱鬧的心態，看著他們灑錢的刻意姿態，像欣賞一齣滑稽的表演。我常在眾人討論流行資訊時偷偷側耳，靜靜地聽，聽著某些人發表高見，某些人的天花亂墜。感覺這樣就不至於顯得俗氣（其實有時早已被他們橫飛的口沫濺得渾身發癢）。

但我必須如此。我得適應在高尚或名牌充斥的時代下所醞釀出的詭異氛圍。彷彿不試著進入就會被打撈上岸。我厭惡排擠他人，也厭惡被排擠，因此我保持中立，方便我擺動尾鰭以加入各個小團體。於是我開始翻閱同學的時尚雜誌，學著認識那些由英文堆砌出的品牌名字（izzue、PLAYBOY、OUTERSPACE、OVERKILL、Sexy Diamond，還有最近出現「Made for All」的UNIQLO），以及那些流行風（英倫風、民族風、騎士風、日系街頭風、現代塗鴉風、都會雅痞風……），彷彿是這時代必備的養料，我一頁頁啃食，也不曉得自己有沒有認真消化。

雜誌裡精美的商品照片加上夢幻的描述文字，有時真讓我懷疑自己是否掉入了被物質包裹的欲望裡：男生搭配以罕見的迷彩圖案棒球外套為重點，加以古著泛黃的洗舊單寧牛仔褲帶出濃厚的街頭野戰風格。內搭簡約經典的軍裝背心，再隨性掛一條皮革腰鏈，強烈軍事街頭感便呼之欲出。女裝部分在色系上跳脫以往冬季暗色調之印象，以鮮明酡紅、桃紅等提亮Total Look。此外，選擇配件亦是必備元素，像多層次佩帶鉚釘手環以及冬季必穿的內搭褲，都是不可或缺的單品。而二〇一一年早春新鞋款「挪威生活系列」，以挪威秋冬景致作畫，沉穩色調描繪出挪威的迷人寧靜感，頂級布料與羊毛材質的驚喜更是北歐設計的極致要求……

往往疑惑。

我不禁想起電影《購物狂的異想世界》，主角麗貝卡（Rebecca）是一位財經雜誌記者，雖大學畢業後已工作一段時間，卻一分錢也沒存下，反而因為瘋狂購物而債臺高築。諷刺的是，身為財經記者的她，一方面教人如何理財，一方面又難以自拔地揮霍，最後只能選擇自圓其謊和不聞不問來逃避債務。我想，在我身旁一定也有類似的人，只是他們善於隱藏（或說是低調的奢華）。有次和同學走進一家精品店，拋光的瓷磚地面反射頭頂一盞又一盞雕工華麗的水晶燈，長長的玻璃櫃上只擺了五雙靴子（Hunter Boots），有鮮紅、雪白、墨綠，還有絨毛斑紋短靴、銀亮耍酷版長靴。我順著女孩發亮的眼睛滑過看板上的文字：「俏皮的中筒靴型，貴賓狗般小捲毛式內裡，突顯時尚可愛的話題。」我噗哧一笑，拍她的背說：「欸，人家是如貴賓狗般溫柔可愛，妳這麼兇，穿這個不適合啦。」她只翻給我一雙白眼。

聽說今年流行民族風窄版洗舊破壞色褲，選用彈性布料製作，穿來舒適合身，而抽鬚設計更添層次感。釦子是仿製老品的color和質感，搭配整件褲子洗舊後的色澤，使褲子散發「人生歷練」的味道。我不禁懷疑，人生歷練感竟可以用人工手法呈現？若每個人都買一件，那是否就能輕易擁有相似的人生歷練？那天在網路上看到一則消息：UNIQLO正式推出《挪威的森林》UT電影聯名款，凡購買者，即可獲得電影優惠券一張。原來流行也可以和文學沾上邊——身穿時尚T恤，和情人牽手走進那憂鬱、寂寞，渲染著淡淡哀愁的青春森林（這聽起來感覺不錯）。

曾經撞見一群人在百貨公司外大排長龍，我不禁揣想，等到他們拿到所謂的精品服飾或名牌包後，就要各自離去了。我感覺每個人手裡都握有一張寂寞入場券（其實是等待的號碼牌），入店後各自搶奪專屬的寂寞，回家卻被另一個更大的寂寞漩渦吞沒。有時「參觀」潮店，感覺所有店員會從髮根到鞋底把你完整快速掃描過一遍，暗自在心裡建檔分析：這位客人是屬於哪種類型？是大刀闊斧灑錢型，還是摸摸衣服就走型？在客人屈指可數的情況下，你根本無法細看眼前商品，因你每走一步，店長的眼神便又盯緊了一些。這是屬於安靜優雅的高級買賣，誰話多誰就輸。大家都在心裡盤算，到底誰要先掏錢買呢？「若他買了，那我也要買。」我常見到同學臉上這種困窘卻又故作輕鬆的尷尬表情。

這是一個比較的時代。我們總在心裡竊竊私語：誰今天走紳士路線、誰的髮型前衛大膽、誰的鞋子永遠數不完……生活處處是經典與時尚碰撞的新火花，也處處充滿著如戰場般燹火煙硝的爆破之景。互相比較就感覺身心俱疲。穿衣的原始目的也許只是遮身或禦寒，而今卻演變成奪取旁人幾秒目光的時尚競賽。也許，在那些人眼裡，這幾秒的微光就足以照亮他們無止境的炫耀欲望。人們的欲望如此巨大，如一群飢餓日久的魚，看見食物二話不說便張嘴吞下。我忽然想起小時和爸爸在池畔餵魚的場景，我站在岸上拋灑飼料，看著水面浮現一隻隻色彩斑斕的錦鯉，雪白、灰黑、亮橘，更多是橘白斑紋相間的那種。起初我只是將飼料灑在方圓約一公尺的範圍內，不久便發覺遠方的水面波光瀲灩，細看才發現原來是另一群更大的錦鯉，牠們用力甩動尾鰭，爭食我灑下的墨綠色顆粒。有時我懷疑牠們吞下的只是池水和空氣，但牠們依然執著搶食，有些甚至被擠出水面，瀕死般地扭動掙扎，濺起一波波飢餓的水花。

站在西門6號出口，看著那陣黑色起伏的浪，不禁疑惑，我到底是站在岸上灑飼料的觀光客，還是在水裡爭食的魚群？這世界一定有人提供飼料，也一定有魚急著搶食。我們都在時代的潮流裡轉彎前進，只是有人習於潛居水底，有人載浮載沉，也有人奮力地擺動身軀，極欲脫離這洶湧的暗潮。在未知的時刻，可能有魚正偷偷落淚，但無人看見；可能有魚正試著張嘴說話，卻沒人肯側耳傾聽。

也許，世界本身更像個大水族箱，所有的浪潮與波動皆因我們引起，有人漸感頭暈目眩，有人卻樂此不疲。我們以他人的眼光作為己身發亮的鱗片，將自己包裹在一層又一層巨大的空虛裡，偶爾湊湊熱鬧，偶爾自我封閉，偶爾因玻璃缸遭撞擊而驚嚇萬分，但最後仍只對著鏡面投以空洞的眼神。

另一間教室

下午突來的一場暴雨讓教室成了奇妙的避難所。今天第六節又是數學課，老師在臺上一筆一劃慢慢寫著多項展開式，我們在座位上病懨懨的，像一種令人疲倦的生活儀式。我托著臉頰，眼神不經意拋向窗外，窗外一片大雨滂沱，彷彿全世界的雨水都下在這裡了。天空灰暗，所有顏色看起來都失去了亮度，原本稀稀疏疏的校園植物因這晦暗色調像極了熱帶雨林，我彷彿看到遠方的電線桿上有猴群奔竄跳躍。傾瀉的雨水讓空疏處變得稠密，我坐在教室裡，想像自己正身處熱帶雨林的底部，憂鬱、潮濕，以及懶。

玻璃因窗外沉沉的黑而變成一面鏡子，老師在講臺上走來走去，像一隻異常入侵雨林的生物，而我們則是尚待演化的胚胎。我凝視窗玻璃發楞，黑板因暗黑窗面的投映而橫向延伸，多項式變得好長好長，我突然感到一種無能為力的巨大悲哀。教室像一座小型溫室，我們呼吸著彼此孱弱的鼻息，冷氣機回收這凝重的空氣，送還我們全新的溫度。窗戶是結界，隔離了不祥的預兆。教室裡正進行著文明的創造，不容許任何打擾破壞。我們就這樣安靜地生長發育。

窗外雷聲隆隆，一道亮白強光閃過，然後是一陣劈啪巨響，隱隱的雷聲在雨林裡來回低吼、迴盪。雨勢依然猛烈，對面屋頂浮著一層茫茫的白，雨水正沖刷這世界，那些隱密的、壓抑的，彷彿就在這嘩嘩的聲響裡逐漸洗去、消失。我環顧整間教室，那些振筆疾書的、埋頭苦幹的、正襟危坐的，竟演化成雨林裡的特有物種。對他們來說，窗外的雨只是背景；對我而言，這座溫室、這陣急躁的雨，還有溫室外的雨林，彷彿是一種不尋常的布置。在光閃與陰暗之間，黑板上的多項式彷如一則又一則的末日預言。

自拍時代

像住進相機裡，這世界突然變得好安靜。

前年暑假，因報告需求買了一臺數位相機，價格不貴，功能普通，純粹只是作業需要。小心翼翼拆下包膜，我拿著它東翻西轉，好奇著每一個按鈕，到底能打開什麼？

這彷彿是一場預設的儀式，在我買下相機前，925早已掀起一股「自拍」旋風。下課鐘響，前面的女生便亮出銀光閃閃的數位相機，像一枚巨型磁鐵，頓時吸住了所有目光。她熟練地舉起右手，手腕向前微傾四十五度，然後抿唇、睜眼、微笑，一下子就跳進相機裡了。一旁的同學直嚷著借我借我，而那臺被高舉在半空搖晃的相機，竟成了萬民伸手卻仰之彌高的小宇宙。

我安靜地看著他們，每個人眼裡都閃著耀眼的青春之光，彷彿宇宙中發亮的星群，正逐漸擴展成浩瀚的星系。聽同學說，自拍要好看，第一是不能長太醜，第二是要每天勤練（完美的自拍應是天生麗質和勤能補拙的結合）。「好吧，就算鼻子不挺眼睛也不大，還是有機會補救的。現在有防手震、光學變焦、自拍凸面鏡裝置，還有翻轉螢幕、自拍倒數計時，甚至有美顏模式喔！」她說得頭頭是道，我在旁安靜地聽。每個人都睜大了眼，彷彿和這時代有了小小連結。

回家後，我把房門鎖上，偷偷拿出那臺基本款相機，開始摸索如何將自己完美地置入這方小框裡。我坐在書桌前，練習憋氣、微笑定格，或是對著鏡子做「下眼瞼上縮運動」（聽說這樣會有肅殺之氣）。有時擠一擠鼻樑，有時捏一捏臉頰，我彷彿能重新移動我的五官，對於背景顏色、環境明暗，還有細微的臉部表情變化，這時代的構圖似乎正在成形：眼睛睜太大會有抬頭紋，頭的角度不對會變外星人；光線太強變殭屍，太暗像得憂鬱症。

小宇宙逐漸擴大，籠罩了大街小巷、公園、圖書館甚至是便利超商，到處都是自拍者的天堂。不知不覺中，這城市儲存了自己的臉孔，並隨著人潮來去而調整焦距、變換造型。網路上，無名小站首頁的精選自拍被大量點閱，憑著左鍵便能輕鬆進入每張臉。曾在路上看到一群女孩，集體面向天空定格、微笑。我不禁佩服她們，那定格下的時空，是否有什麼正悄悄移動？那些看似渾然天成的姿態，又是經過多久的自信建立與自我練習方能展露？她們都是自拍中的佼佼者，儘管眾目睽睽，在那宇宙的籠罩下，一切都變得無可厚非。

一臺小相機到底裝入了什麼？一枚power鍵，開啟了多少進入的過程？數位相機是一個隱藏的房間，置放這時代最繽紛搶眼的照片，不管模糊或清楚，每張臉都有著故事悄悄傾訴。這世界就這樣安靜起來。每天，可能都有幾座小宇宙正在成形；而每晚，當城市裡的五官一一睡去，可能還有幾間房間正發著光，一些人安靜地散坐桌前，對著相機擠眉弄眼。

我的小宇宙

黑夜沿著小巷流進來了，當人們開始陷入這朦朧的夜色，我仍在房間裡，伏著案沿，振筆疾書。明天期末考，桌上疊滿了參考書和考卷，像一座小型的立體迷宮。

巷尾又傳來幾聲犬吠，路燈在窗邊低垂著頭，一群飛蟻聚集，隔著霧面窗戶晃動著蟲影。我伸了伸手膀，深吐一口氣：「總算念完了。」環顧四周，房裡闃靜，只剩冷氣嗡嗡的鼻息。我想起這兩個禮拜，回家便一頭栽進書本裡，游入房間最深的核心，腦海裡的每一陣浪都是考試重點，拍打著記憶的礁岩，一遍又一遍。而在這寧謐的夜晚，當我放下筆、闔上書本，彷彿自晦暗的海上抽離，房間開啟了另一個次元，我被安置在這世界神祕的時空中——我豢養的小宇宙。

記得剛搬進這房間，空空如也，直到我慢慢擺入生活用品，並將之整理歸位，房間才逐漸顯露自己的形貌。我常躺在床上，聽著透明潔淨的鋼琴音樂；或盤坐地板，認真完成一幅拼圖。有時正要飄入夢鄉，靈感如箭射穿睡意的翅膀，我便從被窩裡狠狠爬出，爬到格子裡。我的房間和我一起呼吸，陪我難過高興，雖然不大，卻始終可以容納，那些具體的、抽象的，一一被安置在最適當的位置。

房間是一艘船，載滿了生活發亮的碎片，我身處其中，藉著一次次的閱讀而航向世界。房裡的物品都以最原始的姿態面對著我，我們相互凝視，彷彿聽到萬物輕柔幽微的對話，而我就是這對話中的一部分，也是唯一聽到的人。早晨與夜晚交替，清醒與疲倦輪迴，房間無時無刻提醒著我：我正不斷成長。

黑夜即將流出小巷，我把課本鉛筆盒收進書包，希望這次考試順利。我是否真從迷宮裡走出來了呢？夜晚就要消失，黎明即將升起。一天過去又是一天，而房間，正悄悄地護送著我，前往每一座新大陸。這唯我獨享的小宇宙，行星運轉，天地開闊。

小陽臺

現在是晚上九點，我又坐在書桌前發呆。可能經過一天的忙碌，頭腦被用力攪拌，思緒糾結得讓我感到十分疲倦。對面公寓又傳來陣陣鋼琴聲，也許是要助我進入一種虛幻的舒服狀態。雖然此刻我正發呆，世界卻依然運轉。

我常在書桌前望著小陽臺，植物葉子開開合合，隨著日夜交替清醒或沉睡，呼應著其他同類的姿態。而桌前的我也是如此，有時昏累趴睡有時神采奕奕。有時離座起身，從陽臺看出去是另一個陽臺，我曾懷疑，對面鄰居是否也跟我一樣偷窺著彼此？或許我們曾相互窺望，卻毫無交集。

我常想，如果陽臺是一面鏡子，那麼我們的生活會被不斷反射。就像國小自然課玩的鏡子遊戲一樣，一面鏡子斜對另一面鏡子，鏡中視野因而無限延伸，再遙遠的風景都近在咫尺。於是從這條小巷到另一條小巷，這條街道到另一條街道，再反射到更遠的小鎮、城市甚至是另一個國家，全世界就藉著這小小的陽臺互相眺望，靜靜地感知彼此的存在。

世界依然運轉，陽臺有可能對應到不同的陽臺。我們仍在自己的房子裡安靜生活，按著節奏感受哀愁或喜悅。而此刻，在地球另一端，是否也有人懷抱著類似的遐想，就這樣靜靜悄悄，慢慢旋轉，隱然聽見同類美好的呼喚？

博愛座事件

我在列車關門的瞬間側身跳了進去，差點扭傷腳踝。我恨每天早晨衝上電扶梯，踉踉蹌蹌，就為了搶搭那班即將駛離的列車。我習慣搭乘南勢角線的捷運上學，原因無他，只是有較高機率搶到座位：那一方小小的空間、那一段寶貴的讀書時間。

我常被同學笑成一個老者的姿態，人家是拄著枴杖彎腰駝背，我卻因重重的書包站立困難，列車稍微搖晃便能讓我跌入踩到一隻高跟鞋的極窘黑暗。因此我常找位子坐，有時也不管他人眼神，毅然坐在博愛座上。但我仍要時時看著車門，像一位愛心守護者，搜尋一位老人然後乖乖起身。

今日捷運車廂異常寬敞，淺藍椅上卻坐滿了人。我內心嘆氣，走向博愛座，假裝自信地坐了上去。突然我感到某種強烈的瞪視，如萬箭般射向我因青春重量而逐漸歪斜的臉孔。捷運開門聲響起，一雙Nike鞋向我走來，右腳踝上還有一條彩色的幸運腳鍊。我的視線慢慢上移，小腿、腰、脖子、臉……還來不及對到他眼神，我馬上低頭像要命的觸電。他竟是我國中同班同學。

唉，仇人同班同學。

我死命地低頭，好低好低，我感覺到我的脊椎一節一節，在脖子後方凸起如山。從來沒有一刻讓我這樣地如坐針氈，我想他現在看到的應只是一叢黑色的頭髮和我大腿上攤開的課本吧。唉，仇人，都快三年了，我到現在依然記得你的聲音你的髮型你的臉，我多麼不想再遇見你但你偏偏就站在我眼前。

我一直在等他下車像被追殺一樣地驚惶不安。更讓我在意的是，我斜眼瞥見有位老阿伯就靠在我左邊的那片玻璃上，他是否正等著我的愛心起身呢？我低頭皺眉，全身冒汗，感覺車廂內所有的眼睛都像蒼蠅黏上我的臉。但他們絕對想不到，我正面臨人間極大的酷刑：仇人站在眼前，老人在旁搖搖欲墜，我終於抵達坐立難安的至高境界。

他下車後，我感覺身體裡的氣都吐光了，瞬間變得瘦骨如柴。這一定是博愛座可怕的魔咒，我動彈不得，我無法求救，我只能細數著接近的捷運站名像等待一場希望來臨。這短短十分鐘的無聲對峙竟延續了千年般長久，好久好久，我彷彿看見我花白的頭髮在眾人的凝視中緩緩飄落。

那些留下的與遺忘的

華燈初上，小巷裡渲染著暗黃偏褐的色調。我從忙碌的學校歸返，經過小時的幼稚園，招牌依然掛著，只是昔日青綠的塑膠外膜已剝落大半，露出灰白殘破的底層。機具的運轉聲隆隆，聽鄰居說，這裡要拆建成居民活動中心了，心頭不禁輕微一顫。

幼稚園就位在對街小巷，小時因父母工作關係，我總是第一個抵達幼稚園。園長總是邊喝奶茶邊問我：「手帕有沒有帶呀？」她教我看時鐘的長針與短針，我還清楚記得，她在我右轉過頭研究時鐘的刹那，偷夾我的一塊酥脆蛋餅。

我望著貼滿卡通圖案的牆壁，隨手在玩具箱裡翻找自己埋藏的機器人，一個人就這樣坐在藍地墊樓梯口玩了起來。等到同伴們一一到來，老師便會帶我們跳晨操，講童話故事，唱兒歌。我喜歡玩扮家家酒，炒塑膠小白菜，切魔鬼氈紅蘿蔔。有時在後院玩捉迷藏或盪鞦韆，尖叫奔跑，忘記了時間。

及至我上了小學、國中，才離開這條小巷，開始感覺城市的心跳。我的雙耳如貝，不斷在人海裡接收一則又一則的留言；我的書包如殼，每天都得與它相依為命。隨著年紀增長，那青春的重量愈來愈明顯，有時甜蜜，有時難過；有時心甘情願，有時無可奈何。我想，也許這就是成長必經的儀式，如此細微難言，又如此鮮明深刻。

有人說，在這快速變化的時代裡，那些美好之所以顯露美好的質素，乃因它已然消逝。這座城市育養了千萬人，那跳動的脈搏從未停止，每個人都曾在這裡編織回憶、組裝自己，卻也逐漸遺忘了內心柔軟純真的那塊記憶。也許，城市就像個大型幼稚園，大家仍玩著扮家家酒，只是真實了些、複雜了些。穿越斑馬線時，一對對城市男女與我擦身，那些光鮮亮麗的服飾、相互糾纏的香水氣味彷彿是這時代特有的印記，難以磨滅。有時我也發現，自己在公車站牌下背單字的姿態，是否也成了城市一貫的風景？那些揉雜著無奈、憂傷、狂喜或猜疑的臉孔在商店的玻璃窗上一一閃過，它們也有故事要說嗎？也許是有的，只是我們都忘記如何開口、忘記故事該怎麼說。

那天傍晚，背著重重書包又經過幼稚園，怪手已拆除大半，空氣裡混雜著土石沙泥與黃昏時分的蒜頭油煙味。抬頭，想像天光雲影勾勒兒時圖像，彷彿又回到小時純真快樂的時光。在幼稚園改建成活動中心之前，我想一定還有什麼正微微發光，在歌聲裡，在笑聲裡，其實我們都未曾遺忘。

那些必要與不必要的

我從夢裡游出來，兩旁同學依然端坐椅上振筆疾書。中年數學老師挺著微胖肚腹，嘰乖嘰乖，在墊高的木講臺上解釋精美的數學公式。看他講得津津有味，和他交流的卻是臺下失焦的雙眼。補習班裡只剩那蒼老的聲音，支撐著眾人逐漸塌陷的睡意。

我想眾人心裡一定有話想說，卻因深感命運的無奈定律而放棄發言。這樣涼爽的夜晚，我們因考試魔咒而被封鎖在這方小坪數空間。生活的重量讓我難以負荷，睡意襲來我無從招架，只好任憑它在我身上蔓延、攀爬。教室裡散落各種臉孔，我彷彿能從那些迥異的五官看出一些蛛絲馬跡。正襟危坐只是假象，其實每人心底都是一潭井水，我能聽見眾人的吶喊，那樣聲嘶力竭卻無人回應。

枯坐在這小小補習班，我思考這是青春必要的經歷嗎？每個人都想往上攀爬，在分數的高塔上，有多少學子失足跌落或登峰造極？這急欲搶分的姿態是我們必要的練習嗎？

當我失神胡思亂想，老師早已跳到下一章了。我無力翻頁，眼前又是一堆看似重點卻不必要的青春糧食。我想我應該會消化不良，也許突然得到厭食症，對於這時鬆時緊的餵食過程感到噁心，卻在不斷催吐又不斷進食的過程中得到虛偽的成長契機。我好想好想，躺在蟲聲唧唧的柔軟綠草上，仰望滿天星斗然後緩緩飛翔。

但我又準備要掉入那深深的井了。

城市貓語

給小黑：

我不知道為何突然想寫信給你。每天早晨，繞過蜿蜒的小巷，瞥你一眼後便轉進街衢，跳上捷運進入城市的中心。相同的節奏，相同的風景，孤單的我呀孤單的你。

你總是躲在車底，靜靜地看著陽光挪移。我無法好好凝視一枚影子，無法像你一樣悠哉聆聽風的祕密。我所能做的，就是埋首書堆，偶爾和同學閒聊幾句，最後卻只能用笑聲掩蓋彼此心底的嘆息。此刻的你，是否也正思考著存活的意義呢？像一位小小哲學家，在行人移動的瞬間，我相信你一定體會了什麼，如此日常，如此私密，卻難用言語說明。

那天晚上補習完，我獨自走在微雨的小巷，雨絲在路燈的照射下，黃澄澄的，感覺更冷了。我直覺地看著那輛灰色小轎車，你就趴在車底，露出兩隻發亮的眼睛。本以為你會對我喵喵示意，但最終我們只是相互凝視，不發一語。接收了一天城市的聲音：狂喜的、不安的、吵雜的、敷衍的……此刻全化為柔軟的雨聲，在我的傘上、你的車頂，敲擊出生命的隱喻與孤寂。

小黑，你今天說過話了嗎？我的影子在路燈下，變得更黑了；你瘦小的身軀，在車身的籠罩下，變得更小了。也許，我們都想和別人認真地說話，卻總是力不從心。而此刻，我感受了你的感受，就這樣安安靜靜，用我們無聲的貓語。

憂鬱甜豆花

憂鬱來襲。一整天我幾乎都是以趴睡的姿勢熬過每堂課，刻意用零散的書堆錯開老師疑惑且微怒的眼神，右手懶懶地拿起筆胡亂在筆記本上左彎右拐，彷彿走進了茫茫然的情緒迷宮。很奇怪，說不上來的陰暗。「這是青春週期性憂鬱」，我是這樣跟同學說的。他們只是皺一皺眉頭，不發一語地閃了，不屑給我一個安慰的眼神，畢竟無端的憂鬱總讓人退避三舍，深怕感染。

昨天也是這樣，起初我以為只是感冒引發的種種不適症狀，但似乎不是。感覺對什麼事都沒了動力，像一艘洩氣的橡皮艇。學測嗎？父母嗎？人際關係嗎？我仔細清點最近的瑣事，卻一無所獲，彷彿得了一場未知大病，他人看來都是虛假膚淺的無病呻吟，但我確實感受著它。放學後，我像幽靈一樣在路上遊蕩，轉過街角，撞見一家豆花店。豆花店旁開了花店、服飾店和零星的小吃攤，我忽然想起高一時，這裡就是每次考後和好友們聊天的地盤，現在依然營業。我又想起最近高三忙碌制式的生活，好久沒品嘗那清甜滑嫩的傳統豆花了。於是我走進店裡，點一碗加花生的珍珠豆花，一個人坐在靠牆角落，看著街上行人來來往往。一隻孤單幽靈看著另一群匆忙幽靈，有一種逃離的感覺。

豆花上桌，我拿起鐵湯匙舀一瓢白皙柔軟的豆花和兩顆黑珍珠，含進嘴裡，溫熱甜湯滋潤了口腔，香甜的花生仁鬆軟綿密，配著黑珍珠Q彈富嚼勁的口感，正是那時和同伴們相聚的快樂滋味。身子暖了起來。我安靜地舀著，一匙接一匙，看著碗裡被我攪到破碎的豆花，彷彿看著自己的心，雜亂且脆弱。不知來由。無法言喻。只有微微發熱的臉頰和怪異的心情。一碗豆花與一隻幽靈相互凝望，我感覺眼前豆花也有自己的心事，只是它無法表達，也不知該表達什麼，就像我一樣。我們只是靜靜存在著，不需言語。突然一陣咳嗽，甜膩的豆花讓我生了一些痰。唉，我忘記自己感冒了，不可以吃甜食的。看著店外熙攘而過的人群，再低頭回視店內的自己，喉嚨竟莫名地痛了。

一個人的夕陽

和L吵架，一個人搭捷運到淡水散心。

出站後，淡水河黏膩燠熱的風迎面襲來，但並未吹散方才的不悅與心煩，反而黏裹住一身悶氣。沿著岸邊漫步，小吃攤、冰菓店、撈金魚、射氣球……歡樂的老街風景在眼前逐步開展，而我依然鬱鬱寡歡，無法被任何攤位吸引。不在意他人眼光與絮絮言談，我一人坐在垃圾桶上，和一旁停留的蒼蠅無異。

也許我就是隻蒼蠅，惹人厭，又小又髒。趨近人群便會被揮手甩開。我凝望前方閃閃發光的淡水河，粼粼波光刺得我打了個噴嚏，失去平衡向右跌落。一旁搭肩的情侶見狀，連忙扶我起身，我羞赧地說聲謝謝便火速離開現場。十足尷尬。

走過情人橋，橋上情侶們親暱牽手、擁抱，似萬隻章魚吸住彼此，眼神像定錨般持久深情，四處皆閃，火花四射，我只好抱頭速竄，免得殺人風景。

這樣的自覺充滿了寂寞與善意。我的人際小損、愛情未臨，一個人正胡思亂想，忽爾一陣強風襲上，首如飛蓬，狀甚狼狽。情侶們依然信步慢行，空氣裡盡是濃情蜜意，彷彿我來錯時空。

起身欲離，雙眼被突來的金光螫得緊閉，揉開後臉頰頓生暖意，夕陽餘暉拂照我身，彷彿同類的安慰與呼喚，讓我備覺溫暖。

我走到木欄邊，側身擠進數對情侶中，找了個空隙趴伏欄杆，一個人看夕陽。剎那間，我感覺夕陽也好寂寞，一圈橘黃凝望河邊的萬群佳偶，我想夕陽也有自己的心事吧，沉甸甸的，就像我一樣。遠遠地，傳來英文經典愛情老歌「Close To You」，優美緩慢的旋律更添浪漫氛圍，可惜我無能感受，只能無奈地「Close To Me」——一個人的夕陽，真是無比美麗。

有朋自臉書來

使用臉書已有段時間，每天定時上線瀏覽朋友近況，深怕稍有懈怠，便會淡出熱絡的人際網絡圈。這許是使用者因長期倚賴臉書而造成的心理恐慌，近似杞人憂天，不斷翻新的動態如湧泉，用滑鼠點開一張又一張熟悉或陌生的臉，彷彿就能進入五官，以他人的眼耳口鼻重新領受這大千世界。

近日在臉書首頁右側發現三張臉，兩張不甚熟悉，最下面一張竟是阿公。「原來阿公偷偷辦了臉書！」我不禁在心裡驚呼。阿公被歸類為「我可能認識的人」，迅速加為好友後，仔細一瞧，阿公的大頭貼上方有一行灰色小字：「他只有十個朋友。」多麼令人難堪的一句話啊。臉書建議我再向阿公推薦好友，但我不熟悉阿公的交友圈，更不曉得年近八十的他究竟如何申辦臉書、搜尋朋友，更在基本資料中認真填好學歷、工作經歷與興趣。「十個朋友」對一個人來說，到底是多還是少呢？年邁的阿公因登山結交不少山友，但大多已步入老年，他們也玩臉書嗎？我要怎麼幫阿公推薦好友呢？阿公會按下「接受邀請」嗎？

一個個問號如海鷗在腦海上下盤旋，螢幕冷冷的光映在臉上，讓我陷入沉思。初用臉書，失散多年的國小、國中同學紛紛自人海浮出，憑著片段印象重新檢閱一張臉，心情既忐忑又興奮；透過聊天室，輕鬆便能敘舊、問候、排定聚會或討論課業。然而最初的新鮮很快便簡化為日常的滑鼠敲點，一種「不得不看」的內在壓力，像一枚強力磁鐵，生活中散落的鐵粉總往臉書飛快聚集，一顆心就緊緊吸附在那裡。

你有三十二個好友邀請、本週有五位好友過生日、誰覺得誰的動態近況很讚、誰又回應了誰的相片……一個個通知皆以朋友名義排山倒海而來，不管我們熟不熟識，幸好彼此都有一方螢幕作為一堵牆，於是我們都能正當地學會睜一隻眼閉一隻眼，任性地瀏覽或忽略。「到底誰才是真正的朋友？」臉書的誕生模糊了人際的深淺界線，看似無限蔓延的交友圈，是否間接抹殺了彼此真心交談的機會？動態列上一則又一則的留言如流星般閃現又消失，不知何時何地認識的人們更如流星雨紛紛下墜。有時千言萬語也比不過簡單的一個「讚」，無須殷殷問候，彷彿所有情感皆被濃縮在這讚字裡。按與不按之間，它可能表示認同、鼓勵或關心，卻也可能歧義為疏離、敷衍或畏懼。

有朋自臉書來，不知該如何接下一句？

珍珠奶茶節

查閱〈紀念日及節日實施辦法〉一文，目前臺灣尚無以「食物」為名的國定放假日。然而以「美食」聞名的寶島，怎能放過此一大好機會？

焦桐曾在《臺灣肚皮》中介紹珍珠奶茶，它發源於七〇年代的臺灣，此創新飲料經口耳相傳、人人競飲後，亦引發珍珠奶茶發源店之爭。臺中春水堂和臺南翰林茶館皆稱己為珍珠奶茶之創始者，然因雙方皆未申請專利和商標權，遂讓珍奶成為臺灣普遍的國民飲料。

「珍珠」的主要成份為木薯粉（Tapioca）或地瓜粉，當初春水堂的粉圓為黑色，翰林茶館則使用白粉圓，一黑一白，更添珍奶魅力。八〇年代初，「波霸奶茶」（Boba milk tea）一詞出現，當時至北美洲的臺裔移民於當地設置茶坊，隨著加盟店興起，珍珠奶茶開始風靡歐美，甚至進駐中東。二〇〇六年，三千多公尺的高原城市「拉薩」亦能見其蹤影，甚至有「西瓜口味」的珍奶誕生。隨後布丁、仙草、蒟蒻、椰果、小芋圓、咖啡凍、粉條等亦加入奶茶中，擴大了珍奶家族。製作一杯飲料的過程像另一個自己正在誕生。我有一位特殊友人，除了大珍珠（波霸）外，小珍珠或西米露等一概拒食，原因竟只是單純的咀嚼困難：「咬不太到，直接吞到胃裡，像吃藥，超沒有成就感。」

關於自己與珍珠奶茶的美妙初遇，可回溯至十年前小學的營養午餐。我總喜歡在拿到當月菜單後，用螢光筆尋找湯品中的「珍珠奶茶」；一個月僅出現一、兩次的甜湯，是多麼讓小朋友心動期待啊！當廚房阿姨送來湯桶，幾個小朋友便爭先恐後搶拿大湯杓，合力且小心翼翼地攪散黏裹成巨球狀的「珍珠團」，還得小心口水滴入湯桶裡；每個人的眼睛都像一顆顆發亮的黑珍珠，喝了一碗又一碗，那場景至今仍令人難忘。

國三晚自習時，我們常猜拳選出一位使者，趁班導不注意，偷偷溜出校園，為大夥買來珍奶。躡手躡腳在桌下傳遞飲料和零錢，不時望向坐在前方、支頤打盹的輪班家長，如此偷偷摸摸的行徑竟讓心思敏銳起來，彷彿眼前的習題都變得簡單。到了高三，終於可以光明正大外訂飲料，一邊苦讀一邊啖飲珍珠奶茶，Q彈的珍珠在齒牙間留下黑糖香氣，伴隨濃郁奶茶咕嚕咕嚕滑入胃裡，此為夜讀之必要模式。學測倒數十天，大夥心浮氣躁，有人無聊討論如何在喝完珍奶的剎那也剛好把珍珠吸光，有人在教室玩起「珍珠大戰」：將珍珠黏在指尖，猛力一彈，或者啣著吸管，迅速吹氣讓珍珠噴射而出，躲避不及的人只好回家洗制服。安靜走廊成了你攻我躲的幼稚戰場，在層層堆疊的教科書堡壘外，我們擁有七彩槍管和Q軟子彈，大人們眼中的垃圾食物是最寶貴的青春熱量，瘋狂，愚蠢，不可或缺，珍珠奶茶就是我們的精神食糧。

想像在珍珠奶茶節這天，會有一條「珍珠奶茶河」，躺在巨大浮冰上，伸手便能舀一瓢冰涼奶茶；一旁巨大的黑珍珠要吃多少有多少，不用怕會先被吸光。或許，轉開自家水龍頭，就能流出這清涼的國民飲料，盛起回憶，像國小期待營養午餐那樣，天真的眼睛裡閃爍著光，讓珍奶陪伴我們長大。

等待

凝望窗外一場驟雨，厚重沉甸的烏雲籠罩整座城市。雨聲轟然，隔著玻璃仍可讓人察覺某種神祕的預警，像一場重新認識自我的洗禮。大考將近，我在桌前旋轉著筆，圖書館內坐滿了人，各個埋首苦讀、振筆疾書，彷彿謄寫著青春的文本，為一份殷殷的等待分類編年。

我扭亮桌燈，柔黃光線映照書頁與臉龐，我似乎能感覺時間細微地刻劃五官。在這方空間裡，我等著一年後的勝利與甜蜜，想像自己的名字在榜單上閃閃發光。走過數字迴轉的迷宮，跳過一幢幢公式的高樓，潛入歷史堆積的深藍海底，再如一尾飛魚躍出水面，閃著光輝。我總在一本本教科書裡構築自己的幻想世界，如此浪漫優雅的等待，像一隻蝴蝶對折一封信，許諾當下的自己，要永遠保有赤子之心，等待下一場芬芳的花季。我抬頭環顧四周，這麼多人找尋自己的座位，準備一場毅力的長征。然而那向前微彎的姿態，隱喻了等待的漫長與無奈。我能感覺到青春的活力被封鎖在這方空間裡，儘管能以幻想調劑，卻無法脫離喃喃的自語。

慢慢的等待慢慢的日子，在濕氣微微蒸騰的夏日午後，穿梭教室和走廊，交換彼此漸漸空洞的眼神。我們都在等待那四個英文字母找到正確的位置，安安穩穩填好一張試卷。有時感覺疲倦，卻無從訴說；有時孤單，卻只能繼續背誦下一頁寂寞。這座城市底層住了一群小小書蟲，我們啃食書頁、吸飲露水，在固定的捷運出口或公車站牌間低首疾行，趕著時間，也被時間趕著。循環。我曾懷疑，現在所學以後是否真能用上？還是用分數、獎狀與文憑就可定奪一個人的發展與未來？村上春樹認為，從學校裡學到最重要的事情就是，人生中最重要的事情都是在學校裡學不到的。我不禁想起我們，盲目地跟進社會主流，在虛假的分數間載浮載沉，彷彿披了件暗色外衣，被一股茫然的蒼涼籠罩，唯一能發光的機會竟如此渺不可及。這是等待的另一魔咒。我們在青春的文本裡記錄悲喜與陰晴，卻忘記裝訂，於是一張張漫長的等待便被一陣風狠狠吹亂，紛紛旋轉，而這竟是青春無能為力的飛行，漫無目的又無人回應。

我離坐起身，窗外驟雨已停，我走在潮濕的木地板上，像一位受旨諭而重生的孩子，清新乾淨。欄杆上垂掛一顆顆晶瑩的雨滴，映照雨後寧靜明朗的風景。讀書是一場矛盾又孤單的等待，在我的青春文本上，這一頁已被我注記編年，在漫長的等待之後，我想我將飛往下一片藍天。

圖書館異次元空間

今天高三舉行第三次指考模擬考，我因學測考上而幸運逃離那可恨的戰場。老師將我的試卷摺疊收好，說：「你到圖書館去吧，放學再回來點名。」我抱著一顆解脫的心三步併兩步咚咚咚跳到圖書館，像一個天真的小孩。

考試鐘聲響起，我想同學們應該開始和每一個數字或文字對戰了，而那鐘聲在我聽來竟像凱旋之歌，我不必再沉浮於分數之海，不必再為那尷尬的排名而提心吊膽。一種難言的幸福湧上，然而這感覺在同學眼裡竟是罪惡的解脫。他們會不屑地把你歸類為那種「幸運考上」的大學生，常常對你使以臉色，我只能保持緘默。

不管如何，我還是抵達圖書館了。想起以前放學總是一個人孤零零地背著重書包，鑽入那僅剩的座位，大家擠在一塊啃書的模樣像極了骨瘦如柴的知識難民（事實上是疲憊的追分者），有時不小心還會踢到對面同學的小腿肚，惹來一雙蔑視且憤怒的眼神。啊，青春擁擠又狼狽。

圖書館座位不多，考前總會看到一票人衝向那狹窄的門，像廟宇搶頭香那樣蹦蹦蹦找定位子拉開座椅的混亂場景。有時想找好友一起用功卻總是徒勞，考試讓我盲目又麻木。但日子依然得過，大人說不讀書就會輸，彷彿成了老套卻無法動搖的至理名言。以前到圖書館總是逼自己讀完今日進度：國文要讀到第幾課、英文講義要寫到哪一頁、數學習作要算完第幾章等，像一個機器人，總在切割好的時間中運轉完預定程式，然後拍拍屁股收書包走人。

我坐在二樓雜誌區附近，這裡有一排文藝、科學、運動和型男雜誌（學校真是買對了），難得賺到一天不上課，我決定好好翻完這些平時只能望之以口涎卻無法捧之於手的夢幻之書。坐定後，整張木頭長桌只有我一人，抬頭望向對面座位，也只剩零零星星的幾位同學，圖書館頓時變得空曠起來。安靜而詭異。我像一位領有聖旨的逃獄者，逃出考場，卻闖入了另一個次元，原本應充滿緊張考試氣氛的圖書館此刻卻像一座遼闊大草原。突然地面一震，震得桌上的瓶裝水抖搖了起來，正想環顧四周，又來更大的一震；立可帶在桌上嘎嘎作響，我起身望向窗外，原來是新大樓和馬路都在施工，工人們一邊高喊著再來再來一邊搬運砂石泥塊，柏油路上堆起一座座小石山，一旁的黃色怪手隆隆低吼。鑽地機鏗鏗鏘鏘震得窗戶哀哀喊疼，地面依然震著，腳掌有微微的酥麻感。

我看著工人們來回穿梭的身影，不禁想起在漫長的高三生活裡，我們也像知識的工人，只是工作地點在密閉的教室或看似熱絡實則陌生的補習班。熾熱豔陽下，工人們汗流浹背地工作；恆涼教室裡，學子們振筆疾書與時間奮鬥。看似矛盾的場景卻隱隱相關：我們都是這樣熬過來的。

工人們蓋好大樓領完薪水就要離開了，我們寫完考卷讀完書就要畢業了。青春就是一個不斷建造加工然後離去的過程。看著空蕩蕩的圖書館，我被窗外隆隆的施工聲響震得有些心煩氣躁，卻也被震得有那麼一點不捨起來了。

山城天燈之夜

仲夏傍晚，十分小鎮亮起一盞盞夜燈，在漸漸暗下來的山裡，老街像一尾發亮的蛇，沿著舊鐵軌，向遠處緩慢挪移。車子在迂迴的馬路上反覆繞轉，墨藍夜空有幾盞天燈正冉冉上升。不知此刻，有多少雙眼睛如我，亦倒映著這橘黃光點，像小孩在心裡偷偷許願？

初臨此地，眼前的場景卻異常熟悉。像短暫且一再發生的夢，努力回想，這些相似的夢境似乎密集出現在高三時期：天燈，夜晚，山城。抽掉任一元素夢就會醒。可能是地理課，可能是友人的臉書貼文，可能是觀光文宣……此刻，小城正以濛魅的光影召喚我的夢境。

高三的日子漫長無聊，所有的門都被封死，唯一的出口是通過考試。我多麼想在薄薄的紙上天馬行空地寫滿願望，而非答案——答案必須要對，願望不一定要實現。夢中山城的人只懂得許願，不懂答案，他們在鐵軌上讓天燈鼓脹熱氣，願望的字跡在橘暖微光裡慢慢復活。每個人臉上都微泛紅暈，看起來就像天燈一樣充滿希望。

和友人一起買了天燈，用粗黑毛筆歪扭撇捺，幾個人興奮地在鐵軌上張開骨架，點火，看著它一點一點膨脹起來，彷彿那些細碎的夢就要在此刻成真。抓緊天燈準備放手之際，突然一位老婦經過，見我們歡欣雀躍，輕聲地說：「夢想要自己握在手裡呀！」

那句話像風一樣拂過耳際，天燈飛起，底部竄出灰色濃煙，大夥咳了咳，發出讚嘆：「啊，飛上去了。」

我在鐵軌上抬頭仰望，只看見天燈空洞焦黑的底部，看見熾熱的火焰如何讓冷空氣成為動力，讓天燈浮升、發亮。天燈紙上寫滿的願望密如蟻跡，火光閃爍，難以看清。彷彿放開手的剎那就已經忘記。

天燈飛上天後，會到哪裡？有人夢幻說過，光到哪裡，願望就到哪裡。但事實是，願望最終只能到達某一高度，隨後自焚，墜落，化為灰燼。

這是我們都知道的事情。期待上升，避開墜落。不去正視就沒有煩憂。十八歲那專注把門打開的自己，只在乎通過，卻沒有人告訴我，眼前分歧交錯的道路是否也有自己的困惑。那位消失的老婦是當地人嗎？她看過多少天燈？如此古老的話語在此刻與我相遇，這才真正像一場夢了。

和友人張開雙臂，保持平衡，踩著老舊的軌道往前行走。不知世界上有沒有所謂的出口？轉身回望，山城的夜空像夢一樣漫無邊際，幾盞天燈依然努力地燃燒自己，向更遠更黑的地方飛去。

尋字啟事

高二重新分班，開學日的207教室，S坐在左排靠窗，最後一個位子。VANS酒紅滑板鞋，白短襪，卡其制服燙得平整，摺線分明。黑亮手錶隱隱閃爍，後腦杓刺灰髮線乾淨俐落。我剛好離他一個走道，右後方四十五度角。上課常不自覺分心瞄向左方中庭，只是樹影都模糊。

老師要大家教室布置，放學我和幾位混熟的同學留下，美化公布欄。從鐵櫃翻出幾袋生日蛋糕白紙圓盤，我負責用粗麥克筆在上面寫字。大夥談笑剪花瓣、黏雙面膠，S經過，腰際夾一顆籃球說：「欸，你字好漂亮喔！」我心跳怦怦，不敢抬頭。假裝描字，淺藍筆尖像心潮水流，一撇一捺，都變成他的聲線。只是原筆色淡，我只能在同一筆劃上反覆塗抹，幽幽淺藍，漸漸變深。

S全名的第三個字是「軒」。我清楚記得，就這麼巧，當下也寫到一個「車部」的字。只是至今無論我多努力回想，依然想不起來，那時究竟寫了什麼。像輾過心口的轍痕，S這一輛車，轟隆隆，完全壓覆了原本的字。「我先走嘍！」那張薄紙盤最後是寫好了，心卻沉沉失落。

高三晚自習，我常趴在座位上，頸掛mp3反覆聽蕭亞軒〈一個人的精采〉、A-Lin〈給我一個理由忘記〉。他換到右前方座位，幽默、聰明、自然坦率，有時聽到他跟別校哪個女生曖昧；有時調皮靠過來，問我要不要喝7-11咖啡。

畢業十多年，幾無聯絡。我要向字典說抱歉，因心動而被迫從世上消失的一個字，讓我永遠記得了他的名字。「軒」字筆劃方直，而我心思迂曲。到底是哪一輛車，開這麼快，從紙盤上逃走？或許，我該感謝原本那字，披上了隱形斗篷？又或許，肇事逃逸的是S，在我心頭輕輕一撞，甜又酸苦，讓我漸漸明白了什麼。

事隔多年，納悶的此刻，也想請大家幫我想想：到底有什麼「車部」的字，會出現在高中教室的公布欄上呢？

南海路56號

如果以放大鏡照見臺北紛繁複雜的地域網絡，南海路56號無疑最清晰立體。捷運是移動的床，每日往返城南城北，車廂裡漫漶的睡意各自牽連昨夜夢境，欲醒未醒。出站後與一群卡其制服並肩行走，像一支備戰的征隊，卻踩踏著一致的升學疲憊。好友H曾說，早晨的南海路充滿尷尬，和不熟的同班同學步行十分鐘便覺白髮蒼蒼。或可說得再尷尬誇張些：「敏感溫嫩的青春身體裡，都被迫收容一位受虐的陌生老人。」

有人羨慕我們上課可以豪邁扒吃便當，在燠熱溽暑可以坦胸裸膛。班上窗臺掛滿衣架，晾晒濕皺的運動服、襪子或格紋內褲。酸腐汗臭飄來飄去，三年如一日。彷彿透過窗外陽光，我們青澀的杞人之憂便能藉此蒸發，連同大人諄諄的邪惡叮囑。但只是幻想。衣服乾了仍有氣味殘留。

我們關心考試成績與排名，那是重要的食糧。有時中午和同學外出覓食，卻常怕第五節遲到而匆忙外帶打包，最後還是得在堆滿課本與疑惑的座位上迅速食畢。我常有種越吃越餓的感受。

記得高三下，班上颳起韓流旋風，置物櫃鐵門貼滿少女時代的長腿照。電腦裡總有非法下載的韓國流行歌，下課便是一群胖虎的恐怖嘶吼。L是班上的小潮男，他有十幾雙名牌鞋子，每次模考完就又添購一雙。羨慕之餘，我卻常厚顏翻閱他的時尚雜誌，關心最近流行趨勢，然後用微薄稿費網購類似的便宜型款，偷偷穿，因為高調就會被L的銳眼睥睨。在那段穿梭補習班與圖書館的苦悶日子裡，我漆上保護色，低調潛入時尚潮流，用資本主義滌洗升學壓力，卻換來更大的無能為力。

有次日本某高校與我校進行交流參訪，數十位甜美的日本女孩從明道樓一路繞至莊敬樓，甜香四溢。那時高三仍是上課時間，忽聞此訊，每班無不嘶吼野叫、敲桌蹬椅，紛紛奪門衝奔而出，一樓到四樓走廊轟轟震響，男性賀爾蒙漲湧瀰漫，空氣裡飄滿糖霜。

我不知道命運之神在我們身上布置了怎樣的時空按鈕，亦不曉得何時該按下哪顆才能打開正確的人生之門。但確定的是，某些難以言明的時光已凝縮成獨有的母城記憶，包裹著青春的喧嘩。每當重返南海路56號，彷彿都會遇見自己忙碌透明的身影，奔行或飄浮在城南一隅。如果可以，真希望能趁時間的放大鏡拉遠之前，一一向過往的自己打聲招呼，並補上一抹勇敢而確定的微笑。

前往詩的光點

加入建中紅樓詩社，是出於某種衝動和自覺。記得國三時，有次去舅舅家，表哥遞給我一本建中社團刊物。拍掉封面灰塵，內頁泛黃，黴斑點點。我隨意翻閱，潛意識裡似乎正尋找著文藝類社團。當時瞥見「建中紅樓詩社」一頁，莫名就有種「我想參加」的心動。

開學後，高一仍未加入詩社，進了吉他社。跟母親要了四千元買一把亮黑色吉他，卻彈得奇差無比。期末成發自彈自唱崔苔青的〈歡樂年華〉，在學長和同儕面前大出洋相，不到一年就退出了。是高二某天傍晚，我懷著忐忑的心，默默走向科學館地下室。打開門，呢喃示意我想加入。那時一群學長或坐或站，社辦一陣喧譁，他們齊聲大笑說：「好哇！」

某次午休，我一人跑到社辦找詩集看，那時剛好遇上吳岱穎老師訓練學弟詩歌朗誦。我躲在角落，一手端鐵盒便當，一手不知翻著誰的詩集，突然老師問我：「你是？」我害羞說我加入詩社了。老師淡淡回答：「這樣也好，以後你可能會參加詩朗，就多看一下吧。」

傍晚五點到七點的社課時間，我們常圍坐論詩。有時讀到一半，一群人皺起眉頭，在語言渙散處，老師就開始找比喻。記得有次他將一把美工刀斜放在一本筆記本上，問我們：「誰想要解釋？」大家都啞口無言，或許有感受到一丁點什麼，但就是說不出來。又有一次，老師拿一塊繡有鴛鴦的大紅喜慶枕頭套，問我們看到了什麼？我說是美麗的鳥啊。老師說再看久一點。眾人鴉雀無聲。最後他喃喃道：「就是幸福嘛！」

我常寫些爛詩給岱穎老師看。他拾起桌上鉛筆，皺著眉一句一句讀過，在許多形容詞和名詞下方畫線。「為什麼是這個詞？有什麼深意嗎？會不會太簡單了啊？」老師的批評毫不保留，聽說曾有學弟承受不住，跑去廁所哭。我心臟算大顆，越是批評我越要寫，記得某次投稿前將作品放在老師桌上（其實是害羞又害怕），隔幾堂課想去問老師寫得如何，他不在位子上，只在我拙作旁留了一個鉛筆寫的「可」字。

老師鑑賞詩作時常領我們進入情境，他所說的話都圍繞著詩意核心。若不小心失神跌出去，老師會任性地繼續分析。此時分心的人會有種「出戲」的強烈尷尬感，我知道那是扞格，也是老師面對文學的實踐示範：你必須專注，才能進入；必須誠實，才能感人。

在沉悶的考試生活裡，有段時間想到詩，胸口就開始微微發燙，手心冒汗，嘴角上揚，我知道靈感在滋長，詩句在繁衍，世界高速旋轉起來。那段日子常投稿，當時還有全國學生文學獎，老師要我趕快寫。高二拿了新詩第二名，老師要我再寫；高三繼續投，一樣又是第二名。老師看了得獎名單輕鬆笑說：「跟第一名無緣嘍！」我知道他是開心的。

岱穎老師有著深厚的聲樂底子，在詩歌朗誦比賽準備期間，社員們從最基礎的發聲練習開始，手抱下腹，閉眼，想像自己是顆氣球，緩緩吸氣、吐氣，發出長音並感受彼此的共鳴。掌握一定的發聲技術後，老師會依據每人的聲音特色，配予相對應的合適詩句（老師說我的聲音很「大港」）；接著每一演員面對長鏡，練習走步速度和體態，讓紙上的詩句長出手腳、浮現表情，每每在臺北市詩歌朗誦比賽中獲得特優。

老師週六特地來學校指導詩朗，常買一堆菠蘿麵包給我們吃。週五社課後總是帶一群人去吃餐廳，叫了滿滿一桌菜，自己卻吃得不多，只像在淺嘗味道。

畢業後，有時回母校和學弟們聊詩，面對文本，眾人七嘴八舌砲火連連，其間又不乏意義昇華的楊枝甘露。

有時同心協力是這樣的，對於世界或大或小的空白，一個人想呀想也補不起來。在不可思議的詩的多核裡頭，多一隻眼睛就多一道出口，這也是討論文學的樂趣所在。在這個科學館地下室，彷彿有某種引力，能把飄散四處的塵埃吸引凝聚，旋轉提升，變成箭頭指向渾沌中的某個光點。世間俗事冗長繁雜，且不斷綿延複製，安靜或暴烈地讀首好詩壞詩，就像回到那年高二，一切都還那麼單純那麼新，那麼可被期待，彷彿美好的未來離我們並不遙遠。

岱穎老師常說文學是靠自身造化，與他無關。向老師致謝，他總是酷酷地回：不謝。向老師報喜，他也是酷酷地回：恭喜。但事實是，那些美麗的文學種子已在眾學子心中萌芽、茁壯。老師，願您在永恆寧靜的遠方，有詩意與音樂相隨。那裡有溫暖的光，有自在有瀟灑。

,, ,,

輯二

臺大二三事

打烊時分

前些時候，偶然讀到舒國治十年前〈賴床〉一文，內心震盪不已。生性疏懶如我，終於有了貼心的藉口，但總不如舒國治「身靜於杳冥之中，心澄於無何有之鄉」那樣優雅空靈，閑散溫吞。我「賴」仍有「目的」，拖延物事至一段落，往往以匆忙收場，持續奔波。賴帳要還，時間尤是，肚腸亦然。

上大學後習於晚起，儘管設定鬧鐘，卻總在鈴響後順手一按側身一翻，再醒已近午時。我常因此錯過上午的課，滑開手機看時間，有時慌張奪門而出，有時索性放棄；有時呆坐床沿，昏昏猶豫，懷著愧疚晃到巷口早餐店，櫃檯的三明治售完，紅茶桶傾斜，老闆拿著鍋鏟來回刮除鐵板油垢，似已收攤。他看我一臉失望，說可以幫我做簡單的漢堡，豆漿也還有，招呼我坐。面對無人將打烊的店，沒有豪闊的包場感，不好意思再悠閒翻看今日報紙，只是匆匆吃完，微笑道謝。

深知此為一大惡習，意志與身體仍難以相契。拖延的並非情思遙想，而是真懶。小學和國中時代，早餐必在七點前用完，上午四堂課後漸感飢餓，便和大夥排隊盛取營養午餐。那樣秩序而健康的日子如今想來，亦頗感幾分拘束。對比現況，母親不再於清晨敲鑼打鼓擾人清夢，雖有遲到之險，卻能興發自我作主的小小快樂，也是不錯。

因早餐晚吃，中餐便跟著延後。無課的下午，我習慣先至總圖借還書，磨蹭到兩點左右方去覓食。此時校內活大餐廳人潮寥落，只見清潔阿姨收整垃圾，一疊疊的飲料杯，一落落的黑塑膠袋。自助餐檯上的稀疏菜根和破碎蒸蛋讓人食慾盡失，跳上小摺彎進後門小巷，一家蔬食創意料理仍未打烊，遂點了鍋雲南酸辣米線。我不懂吃，但相信唇舌齒牙。約有四五次的經驗，捲髮老闆娘幫我點完餐，便將自動玻璃門上的掛牌轉向「休息中」。我坐在走道旁的單人位子，四周寬敞，無其他食客的店裡，味蕾竟敏銳起來。小瓷鍋滾著橘紅熱湯，米線啵啵在裏頭煨，番茄、玉米、金針菇、豆腐、豆皮、木耳、蔬菜……歡聚一堂，很是豐盛。潔白米線吸附濃郁不膩的番茄湯汁，香茅與檸檬葉隱現其間，簌簌吸上，鹹香滑爽，在口腔裡輕盈翻轉，溫熱雙頰，飽足腸胃。

以前有個女服務生手腳伶俐，身著牛仔窄褲，高筒converse，束起馬尾，眼神炯銳，端菜招呼排桌移位有條不紊，輕快從容。有時和同學於正午時分來此用餐，人聲喧沸，我望著她微笑穿梭桌間的勤勞身影，恍恍出神。不知她現在去了哪裡？打烊的店裡，燈關一半，聽不見冷氣機運轉，陌生的送餐女子微露疲態，空一張臉端來米線，便隱入廚房。老闆娘脫下圍裙，在結帳櫃檯數算鈔票，兩肘斜倚木桌，右手拇指撥平摺角，點滑、點滑，一張、兩張，神情木然，雙唇微開。突然有人輕叩自動門，問真的休息了嗎，老闆娘擠出笑容點點頭，隨即回復姿勢，將一疊藍紅鈔票在檯桌上敲整幾下，又無聊地重算起來。

我著迷於這樣的時刻。看她眼神失焦，一臉恍惚，錢握手裡也不知愛還不愛，彷彿那真是身外之物了。不怕他人等待的殷殷目光，身心鬆懈下來，我厚著臉皮減緩吃麵速度，一根一根慢慢吸食，只為了無聊的偷窺欲。無分晴雨，店家準時營業，爐火轟起，藍焰似舞，蒸滾一家子的營收。老闆娘翻數著犒賞，皺癟輕薄，然匯聚起來，又是一生難忘的重量。女服務生將杯碟碗盤洗好晾乾，開始排整桌椅，仔細把木椅前腳疊上桌子的方形底座，補充面紙，擺妥各桌菜單，隨後端出豆皮空心菜、兩碟滷味、一大鍋蘿蔔湯和四碗白飯。初次撞見廚師從火熱的廚房出來，竟是個高帥的濃眉年輕人。他把黑色短T挽成吊嘎，頸子垂一條濕毛巾，踩著嘰乖嘰乖的墨藍色大頭雨鞋。是兒子吧？還抓了頭髮。

老闆娘從錢罐裡倒出銅板，至對面的手搖冷飲店買珍珠紅茶。我隔著一扇玻璃門、一條小巷的距離，彷彿聽見她和老闆的琅琅笑語。店外陽光白亮刺眼，照耀這短暫溫馨的豐收時刻。另一店員打理好桌面，四人小忙一陣，終於能好好坐下。

沒有客人精緻的餐具擺設，沒有冷氣，店員吃飯時大多安靜（許是我仍在店裡？）他們夾菜，咀嚼。夾菜，咀嚼。窺望那桌簡單飯菜，有時還真想與之同坐，甚至吃上幾口。比常人晚兩小時工作的腸胃，是怎樣的腸胃呢？或者倒過來，從何時開始，我們竟準時拿起了碗筷？

突然那年輕小夥子放下水杯，用我聽不懂的語言，摀著嘴說了些話，四人爆開笑聲。老闆娘呵呵呵轉過頭來止不住笑，似以眼神向我致歉，我尷尬低頭，趕緊把湯喝完。離開後我歉疚地想，讓客人看見員工吃飯，是不好意思的吧？

日積月累的拖延惡習，竟讓我迷戀起打烊店家的舒懶氣氛。有時刻意延遲用餐時間，只為了享受此一怪癖。和朋友分享，他們詼諧笑說：「你就不要吃到閉門羹！」想來也是，這不啻為一種冒險。

好奇查詢教育部國語辭典，「打烊」意指「商店晚上休息，停止營業」。據傳「烊」為南方方言用語，通「煬」字時另有「鎔化金屬」義。《說文解字》：「煬，炙燥也，从火昜聲。」故最廣為接受之解為「熄滅店裡之火」，此火可能指「燈火」，即結束一天的買賣交易。另有為避諱「關門」（破產倒店）一詞，而有「將白天賺取的碎銀子，鎔鑄為大元寶」的招財之說，然真確與否，不得而知。因現今「打烊」二字使用頻繁，時態似已不局限於「夜晚」；其意亦可指「歇業倒閉」，後又出現「終止、完結」等引申義，不一而足。

對從小在菜市場長大的我而言，更親切的說法是「收攤」。小學時期，常和父母拖著一臺小貨車，喀啦喀啦，東搖西晃，至租賃的位前開始擺攤。我幫母親撐開綠色腳架，以三根方鐵條橫跨腳架兩端，鋪上細竹條桌墊後，挽起袖子，幫母親擺置護膝和束腹腰帶。整個早上若非待在攤後寫作業，就是鑽到架空的陰涼攤位底下，畫畫，玩拼圖。無數雙腳在眼前雜沓來往，走走停停，吵嚷的上午悠悠過去。

下午兩點多，各攤販準備收攤。此時市場人潮大減，試吃攤前滿地細竹籤、塑膠杯。遙遙聽見小販起勁叫喊：「早買已享受，晚買有折扣！」「要買要快，不買會壞！」賣草莓的上午一盒一百五，現在一百。賣小菜的站到攤前，撕開紙板拍打大腿：「來來來！欲轉去啦，兩包變一包，五包算三包！」「毛豆一斤八十，即馬五十！五十！送雞腳！」

各攤老闆低價出售，有些同行禁不起挑釁，硬是喊低別人十塊；貴的收起來，便宜的攤在桌上任人挑買。聽母親說，有些做吃的會將昨日所剩趁此時一併混入，心機甚者更將原先盒中的食材撈點出來，等於沒打折。母親笑嘆：「唉，俗嘛，大家攏愛。」不久，垃圾車自市場頭緩緩駛進，各攤販也守著規矩，將自家垃圾分類包好，丟完，便回家去了。母親在市場裡頗有人緣，隔壁賣小菜的楊太太收攤後，常塞給母親幾包食物，有時辣竹筍，有時素花枝，有時豆干滷蛋。母親笑著婉拒，兩人一番你推我擠，最後還是到我嘴裡。

禮尚往來之餘，我漸能理解此種人與人之間、微妙體貼的惜福智慧。許非最好，卻是一番真誠心意。收攤後照慣例，母親牽我至市場轉角的冰店，兩人合吃一碗甜涼的花生豆花。母親面容疲倦，不多吃，問我還餓不餓，給我零錢買雞蛋糕。雞蛋糕阿伯也準備收攤，把剩下的兩顆全給我。不在意是否現烤，那免費多出的幾粒，正滿足了我的小貪心。

鬆軟軟，懶洋洋。打烊之後，才是真人生。那些努力工作的叔伯阿姨，是否回去睡了午覺？空蕩的長街，經過一上午零錢碎鈔的嘈雜喧囂，燈泡暗滅，鐵門拉下，童年的市場尾，有淡然寂闊的滄桑。

幾個月前，住家附近小巷開了間麵店。週末慵懶，一樣過了用餐時間，進店裡點一碗味噌拉麵。老闆娘看來已上了年紀，左手腕戴著淺綠玉鐲，右手俐落甩扣煮麵網杓，掀翻鐵蓋，一陣霧氣蒸騰，長湯杓敲擊湯鍋鏗鏘鏗鏘，聽來肚子更餓了。麵上桌，老闆娘還附一碟海帶結：「打烊啦，送你。」一個老奶奶拖著菜籃，撐起陽傘緩步晃過店門口，不是要來午餐。馬路上只有汽車遙遠駛過的聲音。兩點過後，店裡的小電視報著瑣碎新聞，老闆娘右手支頤，看著看著，竟打起了盹兒。麵攤子依然冒著縷縷白煙，整條小巷濛在溫暖的光霧裡，軟而輕盈，懶暈暈地，像夢境。

彷彿一切稜角都糊了邊，這樣的情景讓人失神。空曠的店裡，時間停擺，人事安然，只剩牆上一臺電扇嗡嗡地轉。此時宜發呆，但我得走。

付完帳，只見她抹抹桌子，關電視。撥理頭髮，打一個深長舒服的哈欠。幾盞紅燈籠懸掛外頭，抽了魂似的，晃悠悠，等待傍晚絢燦點亮。或許工作已盡，或許守店暫歇；打烊的此刻，各地的老闆與老闆娘，是最有資格，也最需要，做一場白日夢的人。忙碌有時，疏懶有時，在這繁攘大城裡，雖非真閒人，然有幸偷得一點遲延的快樂，同情共感，也是福氣。那些美好的打烊時分，像一陣暖風醺然，拂過小巷，擁著淡淡的食物氣味，匡啷啷，不知哪個夢裡的風鈴，正被輕輕搖響。

補習的日子

中堂下課，我趴在赫哲密閉的教室裡，窗戶掛上了白色遮簾，大燈打得透亮刺眼。睡意襲來，恍惚之中我想像黑板向兩側延伸，圍成圓弧開始旋轉，一圈一圈，粉筆字紛紛被甩了出來，公式解散，椅子、長桌、講義考卷都被拋飛，擴張再擴張，外頭喧鬧的人車馬路也捲入漩渦，持續加速，四周揉成環狀灰白，只剩我安靜睡在世界的中心……

有時也好奇，那時的我，究竟夢見了什麼呢？

二〇〇一年，我小學三年級，因半天課家長接送孩子不便，希望學校能在課後開設「才藝課程」。那算是我首次的補習經驗，興奮從課程表上圈出「快樂學作文」和「在生活中玩數學」，一週後母親到校繳費，卻被告知作文班人數已滿。我看著母親在教室後向老師再三懇求：「再多收一個，一個就好，拜託啦，中晝菜市仔人多擱袂當收攤，佳鑫足乖啦，一個就好……」

這兩班聽來都不像「才藝」，只記得數學課我學會如何一筆劃走完複雜圖形，作文班卻開啟我觀察世界的眼睛。老師每週發一張學習單，要我們造出生動的句子——事實上即運用各種修辭，轉化譬喻誇飾，如今看來會扼殺學生興趣的修辭作文法，我卻莫名被吸引。從造句練習到短篇作文，我用百立牌鉛筆扭轉事物的秩序，塗塗改改，拼湊疊加，用自己的方式說話。那是沒有考試壓力的創作時光，面對學習或才藝，父母不強逼，等我自己願意。

感恩總在事發過後，自由的日子直到國中，考試至上，生活因讀書被劃分成落後與超前，無須細節說明的升學共相，走過一回，你我皆知。國三在臺北車站館前路補赫哲數學，自己報名建北班，外加國英史地全科班，上緊發條迎基測。捷運車廂門開，人潮左右四散，幾乎可以閉著眼，循著貝克男孩咖啡麵包熱烘烘的甜膩氣味，左轉地下街Z2出口，一階一階，經過樓梯中央的口香糖阿伯，新光三越廣場的一分鐘問卷與推銷員，哪家公司搭了舞臺汽車抽獎，哪個歌唱比賽又素人海選……快步到赫哲一樓等電梯，牆上貼滿閃亮榜單，一整排傲人的大紅一百分籠罩在麥當勞炸雞的膩油味裡，不知海報上名字反射的是膠光，還是油光。

赫哲講義封面有數種顏色，宣告了班別與等級，一般是橘，還有粉紫、酒紅、草綠，數學強的另有淺藍資優級，人手一本，搖來晃去，有時不無炫耀意味。補習班黑板每週更換勵志座右銘，我抄下：「此時睡覺是做夢，此刻讀書是圓夢」。週末參加全天密集模考班，縮在牆角，太陽穴因冷氣過強而頻頻脹痛，血管跳動收縮，前額發冷，帶著隱然的嘔吐感畫完2B答案卡，一張又一張，夏天一過，轉眼便是高中。高中繼續補數學，理化在古亭補黎明，我常因趕課邊跑邊吃。也曾因老師晚下課，餓得頭昏眼花，在捷運地底7-11買芝麻包子，蹲在電扶梯角落，撇過臉，咬咬嚼嚼，一邊默背電學公式，再繼續轉地上課到十點。

有時作業沒寫，大夥嗶卡趕下課，遂從答案胡亂倒推公式，檢查人掃過一眼，好，OK，放手讓我們離開。我用父母的錢買一個座位，買幾個印好的答案，在時間的逼迫中把體力榨乾，上下樓梯像遊魂，夾擠在無數張沒有輪廓的臉中間，鬢角頸背滲著汗水。補習的日子形單影隻，羨慕其他人能結伴瞎聊吃ㄆㄨㄣ街，聽聞某家自助餐鼠輩橫行，蟑螂竄飛；某家老闆找錢失手把五十元硬幣掉入羹湯裡，攪啊舀啊，一碗一碗賣出去。小小的快樂是一杯館前路歇腳亭，珍奶少糖少冰，煩悶時喝大杯全糖正常冰。有時多花一點零用錢到對面新光三越美食街，記得那時上映古天樂和大S演的《保持通話》，柱子上的長型螢幕裡，兩人面色凝重，視線分離，救援與機智在一念之間，我出神呆望，不知道可以打給誰。

升上大一，世界豁然開朗，因打工需求，經朋友介紹到吳岳國文應徵作文批改。高三停掉了補習，相隔一年，重回臺北車站地下街，遊戲音響、夾娃娃機、算命攤、包包雨傘手機配件，濃烈混雜的食物氣味一波波撲上感官。那該是我人生第一份工作，向補習班主任領了一包厚重的作文，離開時，看見三兩同學坐在補課電腦前，螢幕裡老師透過攝影機，重複演算著華麗的數學公式、拼寫必背英文單字。那是老師的人生，是同學的前半人生。老師也許不知道，螢幕外的每一雙眼睛都藏有密碼，因一時尋無容身之處，只能在下一頁的習題裡，繼續為自己加密。如同十七歲的我，在車水馬龍之上，一間安靜的補課小教室，把薄薄的光碟片放入電腦黑色夾槽中。我知道我必須靠它，一張扁平的知識亮片閃著七彩色光，戴上耳機，有些東西已經過期，我卻依然逼迫自己，在無聊且恆涼的空間中，像那片補課光碟，徒勞地旋轉旋轉……

我為國中生批改作文，閱讀一篇篇虛實交錯的人生。我為他們添加標點、圈出錯字，賺取微薄收入。這些作文最終會被他們收進書包，帶著一個陌生人無關痛癢的建議，搭乘公車或捷運，回到真實的生活裡。大二接了家教後，一個人騎機車在城市裡穿梭，同樣經過以前父親載我補習的路，遠眺橋上昏黃玲瓏的夕陽，紅燈綠燈，冬寒夏熱，我也漸漸成為一位老師，成為一塊柔軟的補丁，帶著過往一身的斑斕破碎，繼續東貼西補，終究沒有成為一個完整的人。

和家教學生談起這些，他問：「老師你現在快樂嗎？」我抿嘴笑了笑，想起那年孤單趴在補習班裡的男孩，不知是否已經醒來？要上課了，課本有沒有打開？教室依然旋轉，或許他已暈著頭推門出去，下了樓梯，墨藍暮色洶湧襲來，紅黃燈火閃爍爬上廣告看板；眨眨眼，在斑馬線中央，與一件又一件黃白藍綠的制服擦身，不禁恍神：在這時空重疊、目光交錯的十字路口，大家要往哪裡去呢？

新鮮人新鮮初體驗

三月下旬天氣炎熱，為了兩個月後中文之夜的活動經費，公關長規定每位組員要向附近店家拉取贊助金，或多或少都無妨，只要慷慨解囊，我們就為店家打廣告喔。

一群大一生頂著白燙燙陽光鑽進溫州街，四處張望找尋合適店家：麥子磨麵、韓庭州、泡麵達人、朱利安諾……往往目標鎖定，腳步卻開始遲緩游移，每個人腦子裡都滾著即將受到戕害的薄弱自尊與恐懼：「你好，我們是臺大中文系，之後有場大型表演活動，希望你們贊助。」這句話縮短或拉長，包裝得客氣委婉或冠冕堂皇，始終脫離不了那殘忍現實的核心——我們要錢。

只是，那些在學校附近的店家，早已練就各種拒絕工夫：「不好意思，老闆不在喔」、「你們先留下資料，等老闆看完，有興趣再連絡」、「我們贊助的預算已經用完」、「前幾年已經給過你們啦」……通常拉贊成功的機率不大，偶有幾家贊助一兩百元，已是天大幸福。然有態度惡劣者，死命搖頭兼揮手說沒有沒有，買麵可，拉贊不可；一間專售理工書類的店長聽到「中文系」三字，瞬間皺眉縮眼，伸出又直又硬的食指用力點數我們人頭：「一二三、四五六，你們啊，只會跟別人要錢，自己去打工不是更快嗎，取之社會用之個人，大學生是這樣當的喔？」空氣裡瞬間湧升酸意，儘管斥責的話語霹靂啪啦一串串脫口而出，我們仍保持僵硬微笑。我看著老闆娘臉上擁擠的皺紋隨著苛薄字句上下起伏，睥睨的目光彷彿此刻她是萬物之神，只差沒雙手插腰斜傾脖子以神聖之腳蹂躪輾踩我們罷了。

當然，遭了她白眼，我們出了店門便同時白了老闆娘六眼。不，同白了十二隻眼，但眼神裡不只是庸俗的嗔恨怨念，躲在深黑瞳孔後的，是更多遭奚落遺棄與孤立拮据的青春哀愁。

這不是白日夢，這是一場體驗小小人情冷暖與悲歡交錯的遊戲，練習卑躬屈膝，練習說謝謝與對不起，練習真實強烈的快樂與傷心，練習厚臉皮。老闆為了小額金錢的營生而操煩，我們為了大把青春的揮霍而喪氣，卻享受了初見人世的新鮮快意。這是十九歲稚氣和成熟相互混雜而浮升的迷濛美好。

徘徊溫州街小巷，因為必要的拉贊，體驗了不必要卻趣味十足的奇妙時光：認識了和藹與凶惡的商家，記住了好心的老闆和小氣的員工，聊了八卦、挨了罵。大一拉贊初體驗，那些離我們還好遠好遠，閃閃發亮的金錢啊，此刻我們多需要你，但還不用如此斤斤計較，不用太過認真地汲汲營營。這是多麼完美、逼近人生卻又打了柔焦的神祕距離。

催眠考

接獲臺大通知大一英文欲免修者，可於期限內報名英文免修考試，通過者能直接拿到大一英文必修學分。考試當日，我一人前往陌生的校園，慌慌張張找尋教室。攝氏36度高溫下，一群考生擠在門口，人手一機與一扇，場面炎熱喧嘩。我彎進樓梯一角，拿出單字本喃喃默誦，只是溫熱汗水沾裹全身，感覺所有的單字片語都濕黏模糊，難以記憶。

我的座位在黑板右前方，頭頂有扇窗戶，窗外蓊鬱的綠葉隨風拍打玻璃，隱約還可聽見一陣陣蟬聲。考完三十分鐘的聽力測驗，涼爽的冷氣讓四肢皆鬆軟，睡意襲來，突然監考老師發下另一份寫作卷，限時一小時，精神又大振。不料細看題目，竟包含困難的句型翻寫，偶有一兩題和藹可親，卻仍讓我寸步難行，只能呆看著長長的英文題幹，一邊敲著枯朽的筆。

寫作試卷困難重重，當我放棄第一大題，轉向作文時，不禁瞪大雙眼苦笑一聲。只見稿紙上方的引導說明：“Do you believe in hypnosis？”“Have you ever had the experience before？”心想天哪，我連題目hypnosis是什麼都不知道，要怎麼寫作文啊？於是手中那枝筆轉得更無力了，隔壁同學也頻頻跺腳，我想許多人也都無法下筆吧，這不食人間煙火的單字，就這樣把我們死死地困在座位上，整張桌子平穩安靜，沒有任何紙筆摩擦的聲響。

最終我還是提早交卷，匆匆到教室外查了辭典，原來hypnosis意指「催眠」。恍然大悟之餘不禁帶著遺憾與感傷，六十分就這樣沒了。考試結束後，和同學們討論題目，發現多數人亦不曉hypnosis之意，卻仍不願提早交卷，繼續硬撐著振筆疾書。我問他們，你們都會寫嗎？卻引來一陣喧嘩：「當然亂掰呀，太早交卷會被笑。」奇怪的是，我們並未嘲笑彼此，明瞭大家都交了「白卷」後，反而有種惺惺相惜的無奈。

後來意識到，整個考試本身不就是一場催眠嗎？我們被困在教室裡，被冷氣催眠、被冗長的題幹催眠、被「太早交卷會被笑」的想法催眠……始終無法逃離教室。考生們相互猜測與不撐到打鐘不放棄的比較心理在考場內緩緩發酵，像另一場更漫長的考驗。考試當下，我對hypnosis一無所知，然而冥冥之中，這詩意的催眠已然將我包圍。

文字學作業

文字學教授出了一份作業，規定全班摹寫許慎《說文解字》裡五百四十個部首，古文、籀文、或體、俗體、金文、陶符、秦簡文字……日日夜夜，K一筆一劃仔細刻描，粗細長短、彎角弧度皆不馬虎。算了算，共要摹寫三千七百多字，厚重泛黃的《甲骨文編》一翻再翻，K凝視每一個文字的前身，粗獷，自然，血肉飽滿，一字一字爬離紙面，在眼前舞動了起來。

那些多變彎曲的筆劃合組成一個字，隨著時間遞進，每個字在其原始意義上孳乳疊加，約定俗成，終致定型。K訝異諸多文字與其前身大相逕庭，不留一點演化痕跡，越是辛勤抄寫，越是感到徒勞與疲憊。面對數量漸趨龐大的陌生符號，K幾乎忘記此刻正摹寫何種文字之初骨；交件日期在即，卻完成不到三分之一，無力感消耗了最初的精準細心，求速的筆劃組成更多陌生的字，像是咒語。

這份作業最後會到哪裡呢？有人會真正凝視那些意義的細節與紋理嗎？每個字承載著抽象或具象的物事，自古至今，外形演變甚於內在意義，一味專注於表象，再多的描摹又有何用？望著眼前大片待填且耗時的空白，K不禁深深嘆了口氣；兼顧外形與內在的回溯多麼困難，每摹寫一次，就是一次對記憶的扭曲與毀壞。

K無法不去回想那段與H相處的時光，儘管已經分開，在每天雙眼睜開的剎那，K仍會陷入熟悉的記憶環節，每個動作，每一撇、每一捺都牽連H的影子，像不死的魂靈，像每一個熟悉又陌生的字。K極力找出現在與過往的連結，想釐清改變的時間點：究竟是從哪裡開始彎曲、省略了筆劃？何時開始變得草率匆忙？越是回想越覺焦躁心煩，這份作業是注定要遲交的了。但K知道，這世上一定還有許多字尋無前身，血肉漸失，枯瘦乾癟，為回憶所苦。K暗自祈禱，祝福那些與他一樣，再也回不去的字，經過時間的淘洗篩瀝，終有勇氣演變成另一個形體與內在皆完整的，更好的人。

寶藏

大二校外服務課程安排同學至臺灣土銀博物館實習，初次擔任導覽解說員，十足惶恐。挑高寬敞的空間展示著古生代、中生代至新生代的動植物化石，宛如時光隧道，迤邐一場令人目眩神迷的演化之旅。

戴上小型麥克風，拿好螢光雷射筆，望著滿臉雀躍的大人小孩，緊張之餘仍苦思待會要如何有條不紊、口齒清晰地解說遠古的生物與生態。從地球誕生、海洋形成到藍綠菌大量繁衍，將自己努力背誦的年份資料一一吐出，只見觀眾雙眼無神，漸露疲態，內心一慌，趕緊帶到有趣的生物化石：奇蝦、三葉蟲、鸚鵡螺、菊石、海百合……講解過程一位小男孩忽然舉手問我：「哥哥，我是從這隻蟲蟲變來的嗎？」

我望著他透亮清澈的眼光，一時閃神。自古生代以來，多少生物為了適應遽變的地球環境，更換形形色色的身體？展示牆上大大小小的三葉蟲化石，是現在何種生物的祖先？牠們如何長出觸鬚、增厚背殼、調節身體機能？不斷分合升降的海洋和陸地、枯竭繁榮的河道或草原，上面都留有生命最初的遺跡。物種、地貌的形成多像一首精密的詩，任意抽換詞句、改變意象都可能破壞其中冥冥湧升的詩意。然而無須字斟句酌、苦心孤詣，牠們因地而生、因時而起，沒有進化與退化，只與自然相契並演變至今。

早已忘記當時如何回答小男孩可愛的問題，天地萬物依循詩般的魔法，分別幻化自身本領，使我著迷。在偌大的博物館裡，小男孩才是我的小小導覽員，讓我放下知識，暫忘科學資料與數據，重新看見這源源不絕的能量之泉，如何流過時光縫隙，抵達此刻的內心。也許，在很久很久的未來，我們會有一對鰓、一條尾巴或一雙翅膀。身處光影流動、記憶層疊交錯的演化土壤，我們都是這無涯宇宙裡獨一無二的寶藏。

總圖二三事

大一時參加臺大的新生書院，有項尋寶活動要至總圖各樓層探險，依地圖指示尋找神祕印章，將集點卡蓋滿即可抽獎。那是我第一次認識總圖，像一座巨型迷宮，空堂常窩在那消磨時光。

我喜歡在800和900號的書架間徘徊，各類文學書籍目不暇給；偶爾也翻出畢卡索的畫冊，或歷時多載的哲學叢書。讀不下去時我就對著紙頁發楞，瞳孔的焦距漸漸渙散，每個字隱隱重疊，飄了起來。總圖舊書很多，我曾看過一行文字被四種螢光色筆塗記，一旁有鉛筆和原子筆的潦草字跡，像一位不老的模特兒換穿繽紛時裝。有時翻頁掉出一張寫滿索書號的破損便條，或一根褐色長髮。書縫夾了橡皮屑不足為奇，翻閱古早刊物驚見螞蟻或蜘蛛乾屍，我能想像當時埋首趕報告的學生是如何手忙腳亂，失手讓牠們的白天瞬成永夜。

每逢期中、期末考週，總圖就與世隔絕，日夜顛倒、時態錯亂，座位前方黏貼的「限時離開」告示讓每張桌椅都神聖起來。敲揉太陽穴、對著語概原文書抿唇皺眉、焦躁地轉筆，掉了，又撿起來繼續。我永遠無法忘記那天下午，偷偷在保溫瓶裡沖泡咖啡，啃語言學，幼稚地以為鄰桌同學會因過度認真而嗅覺失靈，便讓心中的魔鬼僭越了規矩。直到天色轉為墨藍，我收拾書包準備離開，才發現座位左前方貼了張黃色便條紙。上頭寫：「世上最偉大的罪惡往往是由渺小的放縱所鑄成。」當下腦袋尷尬空白，一句看似老套的名言此刻長滿了刺，戳破我的散漫、無知與自私。那感覺至今依然強烈，我不安地幻想他人憤恨的目光穿透桌牆，小惡無處可逃，最後只能撕下便條紙慚愧往外跑。

樓梯間的落地窗可眺望總圖後方的草坪，假日至總圖讀書，常見到附近居民悠閒遛狗，孩童奔跑嬉鬧、玩飛盤（隔著玻璃像默劇），阿公阿嬤們手舞足蹈，笑咪咪。相較於此處的老少咸宜，總圖前廣場是情侶最佳約會地，欲夜未夜之時，他們坐在石階，肩靠肩，安靜地發亮。晴朗日子裡，常看見新娘身穿華美禮服，手捧著花，在總圖拱型走廊前，和新郎以額頭相觸；兩人靦腆微笑，讓嚴肅的學術殿堂外多了分洋洋喜氣。

某晚和朋友躺在總圖前，等待天龍座流星雨。雖有路燈造成小小光害，然無傷大雅，幾顆星星鑲在黑幕上幽幽閃爍。之前沒看過流星雨，以為整片天空會如掛滿發亮的銀色絲線那樣壯闊動人，結果躺了一小時，什麼也沒發生，只記得眾人七嘴八舌暢聊八卦，秋風微涼。

有次在總圖描摹甲骨文作業，寫累了，便不知不覺靠著椅背睡著了。突然一陣刺亮，睜眼醒來，發現陽光已悄悄從肚腹爬上眉睫。彷彿做了一個遙遠而溫暖的夢，樹影穿過玻璃窗在我身上搖晃斑駁。走出總圖，滿天彤雲，亮橘夾揉淡紫，一層暈開一層，朝遠方漫去。我蹲坐石階，剛下課的同學紛紛騎車湧上椰林大道，我將視線移高，以雙手食指和拇指框住一片有椰子樹搖曳的晚天，突然有種在東南亞海邊的度假氛圍。這是偶然發現的祕密，我還沒告訴別人。只希望有天要在總圖前拍畢業照時，還能記得大一的自己，是如何在此恍神或疾行，尋找神祕戳印、經歷喜悅和驚悚；願我永遠都不要走出這座美麗的迷宮。

臺大小札之一

1

從早上八點到晚上九點都窩在總圖B1自習室，讀永遠讀不完的中國文學史。這是期末專屬的苦日子，彷彿回到遠古穴居的地下生活。今天地上發生了什麼事呢？座位旁沒有窗戶，分不清白天黑夜，只知道錶上短針已繞了一圈又多一點。準備回家時念到魏晉南北朝小說，讓我稍作修改：「更懷悲思，求歸甚苦，既出，邑屋改易，無相識。謂地下室歷年載，而時俄乎之間矣。」

2

和思想史老師吃飯，吃著吃著就聊到人生困境。一桌的刀叉碗盤安靜下來。我認真想了想，始終給不出一個答案。老師說他活到這年紀，才漸漸了解，生命就是不斷對無常做練習。你在未知的命運裡，不知被哪根繩索牽引，讓你喪失主體意志，使你不斷想去接近，卻只能在周圍徘徊。你無法進入核心，而那樣的距離會不斷消磨一個人的耐性，直到無感。

老師問我有無類似感受，我說在寫作時會有，特別是詩，心中往往浮現了概念，你只能不斷向它靠攏，但你就是知道，這是永遠都寫不好的。老師笑說，你只需要相信。有人用想像讓世界更壞，你就要比他們想得更好。你要相信自己是一個好人，在你身邊的人，也會慢慢跟你一樣，變成一個很好的人。

3

我喜歡在看電影時想太多。如我百看不厭的《怪獸電力公司》，那用來發電以支撐生活的笑聲淚水，那人類兒童與怪獸大人的交流對話，何嘗不是自我的雙面？在一扇扇被懸掛起來、傾斜交錯的彩色門後，都通往一個詩的世界，那是純真與未知的兒時夢境，蓄積了意義的能量……

有次趁空堂獨自去看《尋找甜祕客》，暴雨中的真善美戲院，觀眾冷清，總是在這樣的黑暗裡，才會發生傳奇。不斷與知音錯過的羅利葛斯（Rodriguez），在另一個時空裡，卻與一群不知名的靈魂相遇。我想這也是觀影本身的魔幻時刻：此時、日後，想及自己身處暴雨，就會有一地放晴。看不見的時候，就閉上眼睛；相信某個地方有某個人，會因你的努力，看見了你一生可能也看不見的美麗風景。

4

終於趕上最後一天的臺北雙年展，一天都泡在美術館，看現代性「檮杌」如何假借理性和人道修辭，張著血盆大口撕扯歷史經驗，以殖民和恐怖政治向人們展示疼痛的肉體與靈魂。藝術家打破既有格局，翻轉思考，讓觀眾再現歷史，成為作品的一部分。一個博物館裝了微型博物館，微型博物館又裝了微微型博物館。而檮杌就在其中四竄。閉館時人們走出亦是藝術品之一的光影舞臺，臺前臺後，藉由臺階和燈光的錯置，讓出館有了更大的延展意義——檮杌永遠不死，歷史和未來是兩個異名的同義詞。

5

三月，臺大正門外，公館捷運站人行道上開滿豔橘色的木棉花，早晨經過常見行人抬頭觀望。四月，木棉花紛紛墜地，驚人的「啪答」聲響乾淨俐落，革質花萼仍能保持完整弧型。今日騎車經過，枝頭已冒小小綠芽，滿地迸裂的橢圓形碩果漫出白絮，行人腳步掀起小風，棉絮混著種子在原地迴旋飄移。到教室外停好小摺，發現籃子裡有團白絮。去年五月是怎麼度過的，我已忘了。一切輕輕悄悄，梅雨季又要來臨。

臺大小札之二

1

偶然翻到白居易〈荔枝圖序〉：「葉如桂，冬青，華如橘，春榮，實如丹，夏熟。朵如葡萄，核如枇杷，殼如紅繒，膜如紫綃，瓤肉瑩白如冰雪，漿液甘酸如醴酪，大略如彼，其實過之。」著實令人涎生心癢。夏日將盡，卻仍未品嘗此一聖果，總覺心有不甘。較之龍眼，荔枝肉飽汁多，入口酸甜淋漓，卻因性熱而不可多食。唐明皇以荔枝取悅貴妃，千里迢迢，自嶺南而長安，如今竟只是自家門口穿越數條小巷至水果攤之距離。不知現在還有沒有荔枝？·COMEBUY的荔枝玉露許是美麗的錯誤。

2

放暑假。沿加州海岸往北，感覺自己像一塊被電片夾攻的吐司，燙，焦，脆。從桃園機場往北，變成一件晾不乾的衣服，濕，皺，垂。坐在礁岩上我想，前方就是從花蓮看出去的海洋嗎。就是那一片波浪嗎。那時未及從心裡打出的波浪，現在嘩嘩然打在夜晚的屋頂上。天空是倒反的海洋。冷熱相生，明暗互輪，人字兩撇，靈肉分離飄飄無所依。會循環到哪裡呢？那人字箭號彷彿暗示，還有一條路，不遠不近。只要想去，路就在腳下，通往同一個本來的地方。

3

國小家教課，字音字形上到「糨糊」一詞，小孩問：「那是吃的嗎？」我笑說不是，一時也不知該如何解釋，只想起小時看過綠圓罐紅蓋子的糨糊，一直問他：「天啊你真的沒看過嗎？就是那個糨糊哇！」驚訝之餘忘了最簡單的解釋，就是「用來黏東西的東西」，介於膠水和白膠之間的乳白色。回家查了字典，解釋是「用麵粉和水調成的糊狀物，用以粘物。」感覺還真的可以吃。有些東西小時候不吃，以後就不會再吃了啊。

4

從去年四月吃素至今，對素食總有「相吃恨晚」之感。記得小學有次月考第一名，阿公帶我和妹妹到北投市場對面吃大塊牛排。黑亮亮的鐵板滋滋作響，油煙黏濁，厚約三公分的肉排一片片平躺貼齊，白色油花和血紅肉紋清晰可見。我深深記得，就是那一刻，我望著一桶肉塊堆疊、盛著血水的橘色塑膠箱，轉過了頭。母親說以前外公靠牛耕田養家，叮囑我不能吃牛。我說好。而我忘記快樂的那天，阿公是否幫我點了牛。是否聽見了我吞吞吐吐、徬徨小聲的要求，改換雞或豬……

只記得那晚我吃了大肉。吐了好多小小碎碎酸酸的肉。三更半夜母親帶我掛急診，我全身無力，在病床上乾嘔。

吃素滿一個月我寫下一篇慚愧的文章。老實說，我非常羨慕胎裡素的孩子，羨慕一個吃素的家庭，一對吃素的雙親，一個吃素的妹妹。再奢侈一點，一個也願意吃素的阿公。長大後我常想，世界末日根本不可怕，那些葷食日常的習慣與成見，日日以無心的方式磨損你的意志，你在乎，你焦慮，你退縮，你無力。阿公有時打來罵，我在廚房門口看見母親掛上電話，抹去眼淚：

「你要我怎麼煮？」

我不吃動物。不吃蔥蒜韭菜洋蔥。曾和一個系上朋友聊素食，他沒多說什麼，笑說吃素是時尚。決定素食後，我常造成朋友們的麻煩。飲食男女，謝謝你們的不離不棄，以及對我不土的鼓勵。

臺大對面的仁德素食自助餐有位可愛的阿嬤（我叫她阿嬤她就送我鹽酥杏鮑菇），會叫你多夾一點，有時我把菜盤放到臺秤上要算錢，她拿下來目測，學生喔，60。我看著臺秤數字大超標說怎麼可以，她笑笑說當然口以。她常駝坐在櫃檯發呆，一個人玩橡皮筋，有時用小鐵杯跟我們一起舀湯來喝。今天去吃沒看到她，事實上我已經好久沒看到她了。

沒看到阿嬤卻看到好康。我知道許多素食自助餐過了晚餐時段會有「惜福餐」，菜色不多，銅板價讓你吃到飽。我很喜歡「惜福餐」這三個字，有機會吃到就感覺自己受眷顧。仁德素食有了吃到飽之後，打烊時分熱鬧許多，七點老闆還補炒幾道青菜，簡直食物的不夜城。

素食本不煩，簡簡單單，那像是返本的一種寧靜練習。覺得煩的時候，想想可愛小動物，就慶幸：我是給自己找麻煩。

杜鵑花事

說到臺大人共享之記憶，杜鵑花應可名列前三。這樣鮮明的排序出場其實了無新意。在椰林大道隨意抓個學生問：「你對臺大杜鵑花有何印象？」對方可能皺個眉，然後杜鵑花節，再一陣不解或苦笑。說也無聊，誰會去問這種事呢？杜鵑花總讓人聯想到學校和公園，若臺大改種日日春或九重葛，每日上學像回家，似乎也怪。三月望去，一叢乳白一叢紫，紅撲撲，絳彤緋赭朱赤，絢燦逼眼。被鵑節拱出的杜鵑不是真杜鵑，和椰子樹一樣，都是回憶中不好細緻說明的校園植物，卻又在每個臺大人心中，浮浮地占了一個背景。

文青們或許心照不宣：「我是先認識簡媜，才認識椰林大道的。」她筆下威風的閱兵隊伍永遠在那（彼此間隔像有心結），只是每回撞見工友乘著長梯，割下椰頭亂髮，總有突兀之感。同一棵椰子樹，從血氣方剛的剃髮新兵，到退出戰場齒搖髮疏的閒散老兵，反覆輪迴，總是占據了太多版面。對比椰子樹下一年一開的杜鵑花，似有些不公平了。年少簡媜的可愛遐想：「三月杜鵑發瘋，瘋得徹底，霸占了整個椰林大道。幸虧椰子樹相當『清高』，否則不打起官司才怪。」

三月盛開的杜鵑是對椰子樹的一種挑釁嗎？抑或自我的遺憾補償？甜暖的春天該放寬心來走

走踏踏，只是杜鵑啼處血成花，周末蜀王杜宇一再於詩詞中現身，百姓愛他，他愛國家，沒有挑釁報復，只是不如歸啊不如歸，依然血跡斑斑，淚痕點點。

這哀怨傳統血淚史，在椰林大道上被孤單繼承。那是東南風吹拂的春日午後，灰沉沉的積雲擋住陽光，雨絲飄飛，椰林大道稀疏兩三人，空氣濕暖潮悶，一張臉黏糊糊的。我撐傘哼歌騎小摺，欣賞杜鵑詩情朦朧之美，左把手掛著半糖珍奶，嚥下珍珠，準備伸手拿起再啜，瞬間把手一空，前輪一個大S旋擺，天翻地轉，連人帶車摔滾出去，珍奶拋飛爆濺一地。掌心有爪痕擦傷，膝蓋掀開了皮，殷紅傷口刺進了碎沙子。我不敢抬頭，匍匐而起，咬著牙用塑膠杯膜把散落的珍珠掃進空紙杯。沒有杜鵑啼血猿哀鳴，也無三春三月憶三巴。前方一片霧茫茫，我一跛一拐牽著小摺走向共同教室，竟發現還沒帶日文課本。頓覺人生已盡。

人不雷殘枉少年，在盡頭之前，其實也曾青春無敵。那是大一杜鵑花節，中文系讀不滿一年，就到新體系上攤位當起菜鳥解說員。文字聲韻訓詁等大課都還沒碰，就胡亂和高中生瞎扯一番。那時男生定裝是灰色長袍馬褂，女生是金緞銀邊旗袍，大夥手拿扇子抽疊嬉耍，你一句春城無處不飛花，我一句桃花流水鱖魚肥，一群人笑瘋如蚯蚓抖動彈跳。高中生似蜂蝶傾巢，空氣裡有小花啵啵噴放，學長姐發傳單遞考古題，腿軟燒聲，自拍打卡，杜鵑花開在遠方。

那呆澀稚嫩、人小鬼大的小大一，傻呼呼令人不寒而慄。文學院位於椰林大道中段，大三聲韻學、大四文心雕龍，下課常看見老師或同學倚在淺藍窗臺邊，無聊發呆，閒散交談。杜鵑花開時望出去都是活潑景色，綠叢下總有人用花瓣排了愛心或ＮＴＵ。回想起來，自己似乎從未撿過杜鵑花瓣，它們像一條條哭濕的粉色手帕，皺在一塊，並非明瞭塵歸塵土歸土的人生至理，只是不願指尖沾上土泥。排花瓣要和戀人一起才有意義，杜鵑花只是背景，重要的是彼此眼裡無聲流轉的甜言蜜語。一人耳上夾杜鵑，俗；兩人互別之，可。這樣適合戀愛的季節，倒是沒看過有人拿董同龢《漢語音韻學》或劉勰《文心雕龍》，和戀人談起上古韻或文體論（但這兩本封面都走初春粉綠色系，或許滿適合）。

揹相機的年輕爸爸蹲著，幫孩子拉拉牛仔褲吊帶，小兒踩著軟布紅鞋左搖右擺，就是不肯在杜鵑花前乖乖站好。婆婆媽媽們三五成群，戴副墨鏡，面對鏡頭插腰勾腿，大露前牙，右手平舉至胸前比YA。新娘子撩起白紗蓬蓬裙，新郎在後燦笑追趕，回眸，定格，就成了婚姻。凡此攝影活動總為校園帶來閒懶歡悅的氣氛。

大一時很蠢，看到一群觀光客在校門口攬花入鏡，拉著昀兒要她也幫我拍。她爽快答應，一邊拍一邊笑我怎麼這樣蠢。我嘻嘻哈哈覺得好玩，決定每年都在同一地點搞笑。第二年春天也叫她拍，她翻白眼說好，拍，一下又大三。花開好短，花謝好長，四年裡昀兒的眼睛翻到快抽筋，我還是嘻嘻哈哈做些蠢事，感覺不捨。我們各自經歷了漫長的花謝，卻總是讓對方拉一把，漸漸拉成一個勇敢的人。我知道杜鵑花會繼續開謝的輪迴，但兩隻虫在春天做的蠢事，不曉得還有沒有機會？

聽說杜鵑花語是純真和愛的喜悅。或許畢業以後，在杜鵑花道騎小摺時，要和林依晨唱一下〈花一開就相愛吧〉。直爽而溫柔，伴隨傅鐘敲響，一聲盪過一聲。瑣碎的花城記憶一回又一回，青春主題盛開又凋謝；若說有什麼能短暫留下，那還是拍張照吧，至少在花瓣萎黃之前，還能認真排出愛的形狀。

速記：研究所放榜

大一上選修梅家玲老師的「現代文學與文化」，我在期初助教分組選填單上，把湯舒雯三字塗滿螢光筆加星星，如願以償進入葛萊芬多，開始更密集地寫作。後來得知臺大臺文所推甄資格之一，是至少修完臺灣研究學程十五學分。大二上才填了學程申請單，一個人騎小摺到霖澤館，繞一圈尋無臺文所入口，後來巧遇法律系高中同學，才撞見臺文所的牌子矮矮立在叢綠之間。走上陰暗樓梯，至臺文所辦公室交件，天花板低矮，走道長長空無一人，牆上貼滿研討會海報，柯慶明老師的笑聲從照片裡呵呵飄出來。

拿到學程的第一個兩學分就是柯老師的「臺灣現代詩」，那時和秉樞一起修，有時幫他占了位子他卻不坐，心想這個人怎麼醬，後來才明白他在談戀愛，需要兩人醬在一塊，替他開心之餘卻獨自生悶氣：都偷偷來的喔。

後來跟秉樞修了許多學程的課，其中一堂是延宕許久的A3「臺灣歷史與人物」。朋友們都知道我歷史奇差，認真死背段考卻只拿四十一分，雖是七年前高一的事了，但對讀文組的我來說總有點慚愧好笑。

大三開始密集修課，我自認小說白痴，常無法銜接角色和劇情，讀過的小說手指頭數得出來。向他人請教如何讀小說，回應常是「就看啊！」後來漸能理解他們疑惑的眼神，或許是頻率問題，也可能和性情有關。於是大三修了四門有關小說的課，張文薰老師的文本鑑賞充滿細節與魅力，含藏溫暖的幽默，像她走路刮起的風，看似嚴肅，笑起來卻無限溫柔。講〈伊豆的舞孃〉她特別提今天穿法藍絨襯衫，講張愛玲時說今天穿了一身白。至今我仍在思索這些美麗的關聯。

黃美娥老師舉止優雅，有很多條美麗的腰帶。她發音講究，講解小說時每個字的捲舌音都到位。老師常從文學史觀點切入議題討論，為文本打開多層次的時空網絡，呈現更立體的光影。蘇碩斌老師上課的強度密度都很高，文獻理論扎扎實實，馬虎不得，推甄口試時看著他就覺得完了，我怎麼會在這裡呢？

在這裡之前我遇到好多貴人。前年台積電青年學生文學獎頒獎典禮上，鼓起勇氣向柏言和浩偉學長詢問參考書單和準備方向，那時眾人在分析誰會得諾貝爾文學獎，想來我真是殺風景了。學長們一派自然推薦我一些書，並精闢地補充要注意臺灣古典文學，說能推甄就推甄，考試很累的。那時也向舒雯學姊請益，她說孩子打來吧，大方分析了幾所學校的師資和研究方向，鼓勵我補上文本的洞。後來和秉樞約了柏言和熊學長在帕多瓦，原本要正經的聊升學，最後卻失控地天南地北，但想想這也是緣分所牽，吃完最後的水果鬆餅，帕多瓦就關門大吉……

我銘記且感謝這些緣分與幸運，卻克服不了拖拖拉拉。備審資料截止日早上才匆匆送印，包括自傳和創作種種，下午捧著五本備審在臺文所樓下遇到秉樞，他說他也剛弄好，又陪我上樓一趟。在轉角走廊碰見富閔學長，他看看我們倆笑說：沒有打架吧？

研究所推甄資料準備耗時，錯過國科會計畫，第一次寫起研究計畫顛顛簸簸，雖然磨到最後還是生出來，但總覺不夠格。抓到一個點子就開始寫，跟所有寫論文的人一樣，那個暑假慌慌張張，度日如年，但終究是寄出了。口試規定前五分鐘要談談自己對臺灣文學的認識，前一天我還在計中讀相關論文惡補，那晚很冷，一個人到118吃咖哩飯，打給怡蘭她叫我放輕鬆安啦，熬夜整理好稿子，隔天八點就到總圖開始排練。還沒練完口試時間就要到了，心想就放手一搏，跳上小摺，第三次到臺文所那個有沙發的小房間，一個女孩口試完出來，安靜脫掉黑色高跟鞋，父女倆默默下樓，留我在原地心臟怦怦跳。

進入口考間看見張、黃、蘇三位老師，黃聽完我的五分鐘換張問研究計畫，那時還是覺得張好美，記得她問了讀者反應理論、報告中我為何用臺語作田野、馬華作家在敘寫離散歷史時用詩和小說文體的差別、為何我修了小說課卻沒寫小說等。蘇老師問我研究計畫的方法論、你認為臺灣文學還能怎樣從困境中發展、如果二選一，你要創作還是研究。黃老師追問我德希達「延異」和我提出的「之間」概念的差異。那二十分鐘好熱，又好冷，手指在桌下一直折一直搓，覺得自己口無遮攔，幼稚又凌亂，很多都只摸一下邊就跑掉了，離開時是飄著出去的。

秉樞要我口試完打給他，我在國青樓下整個力竭鬆軟。和他說一些注意的點就茫茫然去吃如來素食。食之無味，回家睡了一覺。

放榜那天我還躺在床上，突然手機震動，小二傳來「啊」。她說我上榜了。我在房間「啊」。查了榜秉樞也上了，興奮打給他兩人一起「啊」。好煩啊這些。我呆坐床沿想著人生還能有幾次升學？可能是最後一次了。最後一次了。現在回想起來真是孩子的夢一場。所有的不可思議都如此不誠懇，我連自己都騙了。

這是現在草草想起的一些碎片，不知未來如何，可能還是茫繼續暈；但我想，文學是一輩子的事，不急不急，過往有發亮的足印，前方是一片大好風景。

預約下一場緣會

想像未來的聯副，是十分古典的命題。

且讓我從過去說起。二〇一一年五月，學測應已放榜，忘了何處瞥見「台積電青年學生文學獎」徵稿訊息，想把握機會，為十八歲留下一首詩。打開word，腦海浮現臺北車站入夜的補習街，喇叭轟鳴，霓虹閃爍，裡頭有一個小小的我，斜背墨綠書包低首疾行，在十字路口的青春浪潮中漂流。那是〈馬賽克尋人啟事〉的背景雛形，一場尋找模糊自我的內心戲。

一年後，某日收到聯副來信，希望邀請幾位學長姐到攝影棚，穿回高中制服，拍攝下一屆文學獎宣傳海報。正如所有對美好事物的想望，無非是懷抱著愛的。往後幾年，陸續參與聯副各類評審記錄、選手與裁判座談會、作家巡迴高中校園講座、全國高中文藝社團採訪、台積電文學新星專刊……

層層疊疊，像洋蔥，也像高麗菜嬰仔，都是時光命題。

在懵懂的青春隊伍裡，聯副牽起許多小朋友的手，給他們稿紙，給他們筆，以及溫暖的守候。這是我對聯副的美麗印象。而印象，亦交錯於未來與現在的對視中：我會站在哪根跳動的秒針上，眺望那穩重的時針？若慢慢走成了時針，那些小秒針又會如何與我擦身，一圈又一圈，在文學的苗圃裡踏出新的足印？

我想像中的聯副，是慢的。像午後陽光穿過樹梢，緩緩爬上花窗，輕撫過橘貓蜷縮打盹的身子，在書桌投下淡而雅緻的浮水印，搖曳一方溫煦。宛如細膩手工藝，不論作家或編輯，對文字懷著一份敬慎與誠意，在時光的筆劃中，有斟酌、有盼想，是一杯細細磨煮的精品咖啡，凝神手沖，香韻繚繞。

我喜歡聯副「慢慢讀，詩」的專欄標題。社會浮動，人心難安，而那彷彿是對高速未來的預言——一個尚待琢磨的慢意象，輪廓朦朧，飄浮空中。你必須用心凝視，才能參透（或選擇部分藝術性保留）。

電影《時光機器》裡，VOX-114是一名光學合成的知識解說員，在八十萬年後的紐約圖書館意外與主角重逢。在那一幅受損的晶片玻璃背後，我想問他，「newspaper」還在嗎？人類用什麼讀文學？「news-」後端或許連結了新的載體（此刻假設什麼都顯得老氣），屆時，是否有人還記得唰一聲翻頁，記得報紙油墨，印在指腹螺紋裡那樣的浪漫？

我想像中的聯副，十分古典。而那不純是物質上的。儘管從紙張到各類數位視覺化裝置，甚至想像未來空中隨手比劃、心電感應得知消息，我仍相信文學有人寫，有人編，有人看。或許我們將迎來生產與傳播疆界的消融、敘事藝術與美學機制的革新、載體物質與閱聽習慣的改易……但文學內部的深情與長考，終究難被取代。

且讓我誇張設想：在那迷惘的十八歲街頭，有個外星人在平行時空中，亦迷惘地與我擦身。十八萬年後，外星人們投稿到地球，轉譯出巧合的敘事。那時，地球文學將是宇宙研究的一門專業學科，而有關副刊的人情點滴、美麗緣會，依然在時光的長路上悄悄醞釀，悠悠相隨……

旁聽生——文學獎記錄二三事

「各位來賓請掌聲鼓勵！」受獎人別上胸花，緩步上臺，笑容靦腆手捧獎座，此刻他鶴立雞群，輕快悠揚的旋律裡，閃光燈此起彼落，媒體記者、與會嘉賓紛紛起身簇擁上前。在這樣熱鬧的典禮開場，有個人默默在角落，雞坐鶴群，沒有人看見他，沒有人知道他。短暫喧嘩中，他趕忙抽出筆記本或打開筆電，尋覓充電插座，按下錄音筆（確認還有儲存空間），肩膀轉三圈，十指交扣齊壓關節，啵，啵啵，喀喀喀，一場三小時不斷電的挑戰即將開始……

建中紅樓文學獎是我的記錄初體驗。那時高三將畢業，學測也已考完，懷抱著文學夢的小文青，接到老師的記錄邀請，十足興奮雀躍。在那之前，其實已讀過不少文學獎紀錄，對記錄者投以仰慕之意，洋洋灑灑，能將作品優缺與幽微情意精準指出，重現評審投票的攻防情境……那年建中新詩決審場邀請陳育虹、羅任玲、羅毓嘉三位老師，正好記錄到拙作的討論過程。我手心冒汗，挺直背脊雙腳顫動，一顆心懸著，一半忐忑，一半專注。每一句都老實寫下來，指尖在鍵盤飛快跳躍踏舞，錯字也不管，寫得心虛，寫得好不真實——最後5、5、5，三位評審同給滿分，一瞬間像星光大道歌唱比賽「得到的分數是——」燈燈燈燈燈，啊，那是還不知天高地厚的，青春專屬的驕傲。

我是第八屆台積電青年學生文學獎得獎者，兩年後，應聯副邀請，擔任第十屆的新詩組決審記錄。搭公車到汐止聯合報大樓，轉進會議室，完整經歷一輪決審過程。在評審你來我往的意見交流中，突然詩意湧現：這不就是兩年前，我想像中的密室嗎？我看見當年投來的詩稿被壓在成疊紙張中，等待有緣人的青睞與理解。這份渴望認同、實現自我的心情，不就是文學獎傳承的珍貴意義嗎？會議結束後，我寫下一首「記錄詩」〈兩年後的馬賽克尋人啟事〉，詩名與內容延續當年投稿的意象：「練習用熟悉的口音／創造歧異，歧異是讓一切有路可退／回到最初的失蹤日期，發現自己／能夠前進是因不曾離開……」

許是因這樣得獎與記錄的美好連結，往後幾年，陸續參與聯副各類評審記錄、選手與裁判座談會、作家巡迴高中校園講座、全國高中文藝社團採訪，乃至於書評、作家訪談、學術論文研討會……我像個旁聽生，看著一屆又一屆得獎人，一個作家又一個作家，靜靜聆聽，默默學習，透過文字紀錄，為他們的成就喝采。

一位用功的記錄者，不僅要具備文學知識、掌握文壇時事，對於該場次的作家或演講人，也需有一定的認識。包含出版著作、身分背景、為人個性，甚至對作家人脈圈要稍有涉獵，了解同場來賓的「關係」等，在接下來的對談中，才能聽出言外之意、掌握那微妙的細節，在歡笑聲或靜默中翻譯出正確的意涵。

一份條理井然、清順好讀的紀錄，著實得來不易。記錄者必須在會議當下收心凝神，遇到笑點不能笑，以免錯過聽打時機；遇到停頓不能停，要把握空檔連結前後文，註記不確定之處……評審講話不等人，因此打字速度要快；若多人交錯發言，要前傾側耳細聽，現在是誰在說話？事後再從錄音檔中反覆確認，上網或翻書求解……一輪下來，光是整理逐字稿，可能就花費原場會議兩到三倍的時間。

再來，正式進入撰寫流程。我會先將整篇紀錄草稿讀過，安排好各段內容，摘引每位發言人重點並挑出本場亮點，可作為標題意象或貫串全文的主軸。接著確認座談屬性，決定「筆調」要端莊穩重，還是親切活潑？另外，要能根據現場氣氛或文意脈絡，抽換詞面，讓評審發言的「動詞」更精準，使讀者如臨目前（避免慣常的「說」、「認為」、「表示」）。例如：陳義芝反思、楊佳嫻想像、吳晟提醒、鍾文音附議、張瑞芬回憶、路寒袖笑說、劉克襄感嘆、吳明益強調……不勝枚舉。

記錄的難處在於「圓」。如何將材料串接，尋繹出背後意義，彼此呼應，的確頗費工夫。例如陳栢青有次分享和準新娘顏訥找「小神仙」算命的故事，該場主題是「文本解讀」，但講者並未點出此例意涵，記錄就要聽出其中線索與象徵，自己「圓」起來。又如駱以軍某次在花蓮慈大附中演講「小說的巫術」，該場我是以主辦方提供的錄音檔記錄整理，其中聊到「六位抬棺人」，雖以前也聽過，但角色紛陳、情節迂曲，我反覆重播，才釐清故事與人物關係，光是那一小段，就來回寫了一整個下午。

填補空白、刪裁冗贅、修潤文句是記錄基本功，不同於文學創作的自由，記錄有其潛規則，要客觀、誠實、講重點，明白哪些該記哪些必須刪，記錄其實是另一門上乘的書寫。記得某位評審犀利尖銳，但投稿者是滿懷文學憧憬的高中生，在摘述其作品缺失後，我不忍如實寫下那血淋淋的評論，私心潤改成「仍有進步空間」、「加強某部分會更好」（有點像在寫導師期末評語）。

我期待的紀錄不只文字通暢，更要好看，帶點文采，卻不搶主角風頭。文句扣合發言人情緒長短錯落，用詞精準典雅而不華麗雕琢，最好還能客製化，依據主角特色稍作情境營造，吸引讀者目光。如歷屆「聯合報文學大獎」紀錄開頭：

撥開藤蔓，踩踏濕泥，土味草腥瀰漫蒸騰，莽叢中群象野豬奔撞而來，猙獰凶猛，一路

號叫未停。指揮這群野物的幕後筆手，正是臺上氣定神閒的張貴興。（第七屆，張貴興《野豬渡河》）

燈光聚焦，旋律低迴，孤獨暗夜裡，琴鍵化為鍵盤，樂譜變作稿紙，郭強生為讀者帶來殘酷而真實的文學多重奏。（第八屆，郭強生《尋琴者》）

曾聽人說「記錄」是苦力，不被看見，不像作家能馳騁靈感，記錄只能工具性地單方面重組資訊，像個小僮似的。然而，正是「這默默的一群」字斟句酌、編織稿件，小則啟發讀者，大則改變臺灣文壇走向，留下文學典範的承轉軌跡，功不可沒。

或許，是這樣過往紀錄的經驗累積，有時擔任評審或受訪，我更能掌握發言的箇中訣竅，同理記錄的難處，主動提供資料或詢問是否還需補充……啊，臺上臺下，神采飛揚或埋首苦思，當主持人再次喊出那句話，各位辛苦的記錄，我們也要給自己，大大的鼓掌！

輯三——

家事

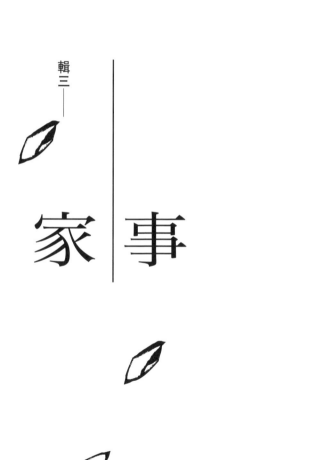

菜市場那些小事

鬍渣滿面的老闆打開生鏽鐵籠，用力掐握一條雞頸，粗魯拉出籠後馬上拾起桌上銀亮短刀，側過身，輕輕一橫劃開雞的喉嚨。空氣悶熱腥臭，土黃色羽毛濺上濃稠鮮血，兩隻雞腳無力地抖動抽搐，狀似掙扎，發出嘶嘶嘶的死亡低鳴。我在對面睜大眼睛，不忍心地轉過頭，嚥下口水，默默無言。

這幾乎是每週都會目睹的恐怖場景，以前母親攤位長期租在雞販對面，記得從小一開始，每逢六日，爸媽不放心我和妹妹兩人在家，便一人帶一隻到各自負責的市場。寒暑假時，我一三五跟爸爸，二四六跟媽媽，妹妹相反。我習慣帶著玩具或作業，躲在母親攤後，用印有美麗風景的月曆紙鋪在柏油地上，再向賣錄音帶的伯伯借張小板凳當矮桌，就這樣盤坐寫功課。耳旁傳來剁、剁、剁的殺雞聲響，有時一拍連著一拍，刀刀迅捷俐落；有時凝滯沉重，刀刃無法完全肢解體塊，一次又一次陷落在濕軟的雞肉裡。我懶得再看，轉身就著母親攤上那顆亮黃燈泡的光，埋頭寫國字注音練習。錄音帶伯伯放完鳳飛飛的〈流水年華〉接著放悠緩輕盈的佛教音樂，對面又開始極有節奏地剁剁砍，卻也自成一種奇妙和諧。

母親在市場賣保健用品：各式束腹腰帶、護膝護腕、精油貼布和保健內褲。記得因原位租金調漲，母親改租至一家賣排骨便當前的位子，雖然便宜，但頭頂一大型抽油煙機整天轟隆轟隆轉不停，煮飯的大鍋爐悶烘烘熱氣蒸騰，每逢夏天，儘管扇子拚命地搖啊搖，還是一身濕汗。難以久待在母親攤後的我，在市場裡東鑽西鑽，有時香菇丸叔叔請吃炸丸，有時是冰棒大姐的枝仔冰；母親看我拿了免費的食物回來，總要念上一句。

那是對什麼都感到好奇卻也懵懂的年紀，傳統市場就像小學堂，沒有教室走廊、黑板桌椅，卻處處埋藏學習契機。馬路中央常有賣化妝品的年輕推銷小姐，她們散發蘋果甜香，皮肉緊緻，繃著粉白小臉，足蹬一雙亮白色高跟鞋，濃豔捲黑假眼睫毛、桃紅色水潤口紅、叮叮噹噹圖紋耳環，從旁走過去都要被逼著回頭一看。她們有的嗲聲在攤內向歐巴桑介紹化妝品，有的專門在路中央遞發傳單，嘴裡頻頻喊著一百塊一百塊。母親低聲嚷嚷：「啥米一百塊，黑白喊，是四百九俗一百塊！」從此我便可舉一反三，那些在夜市裡高喊襪子十塊十塊的，可能（或者就是）「一隻腳」十塊。

母親常在收攤後至市場尾買菜，老闆吆喝：「收攤喔三把二十、三把二十，俗俗賣！」母親邊挑揀便宜菜蔬邊教我：「這是淮山、這是疼某菜，那是結頭菜和玉米筍，頭前是菜瓜和刺瓜仔……」

市場路中央常有流動車攤，大多是母親好友，然而有些固定攤販認為他們阻礙客人行進又遮擋攤位視線，若非大聲斥責，便以眼神示意處事圓融的母親來驅趕。母親兩邊為難：「每個攤子都是一個家庭，我怎麼忍心？」

有時奧客上門，討價還價、冷嘲熱諷，拆了新貨試穿不買，隨便一丟逕行走人。母親說這還不是最糟的，有次隔壁攤賣炸物，女客人試吃後竟隨手在攤前的內褲上胡亂擦抹，留下黃膩的油漬。母親和她激憤爭吵後，還悻悻然瞪了賣炸物的一眼。

儘管如此，母親嘆口氣說，做生意還是得心平氣和，和氣生財，一張漚屎面沒人會想跟你買。客人喜歡和母親開懷暢談：前幾天我家媳婦生啦、囡仔在準備考試啦、哪一間的衫好看啦……彼此都笑容可掬。

及至我升上國中，遠離了市場，應付課業成了疲憊又膚淺的目標與藉口。開學時發下個人基本資料表，不知是否為青春期自我意識萌芽、好勝或為鞏固交友圈而升起的幼稚想法，總難以在父母職業欄一筆一劃誠實寫下「菜市場擺攤」五字。當時產生的自卑心理充滿矛盾與不安，與同儕聊天，若稍稍提及彼此父母，我便如坐針氈，深怕話題再向前延伸，就會掀起「你爸媽在做什麼」的尷尬波瀾。逃避、隱瞞，過度杞人憂天，竟曾讓我不孝地認為在百貨公司擺攤都比較有頭有臉。為什麼是菜市場？

國三水深火熱準備基測的日子曾頻繁做著一個夢：往返補習班、學校和自己的房間，都必須穿過小時哄鬧悶熱的長街。時空在我的夢裡交錯重疊，我手裡抱著課本，熟悉的老闆面孔一張張閃現，剁雞聲響、嘶啞的叫賣聲、鍋爐輕微震動的場景常讓我在半夜醒來，醒來發現房間大燈仍未關，我雙眼痠疼地看著書桌和天花板，又疲累睡去。

母親長期患有骨質疏鬆症，在我高三那年，動了人工髖關節手術，一段時間在家休養，卻始終掛念著工作。客人常打電話到家裡來，問母親怎麼消失了，我支支吾吾簡述近況，才逐漸明白，母親的認真、熱心與堅持已成他人生命中冥冥的依靠，而自己在市場裡才能感覺一日圓滿。母親包容我青春期的任性與叛逆，有時唉聲抱怨工作辛苦，卻不曾放棄多年來為家庭掙錢的堅定意志。母親常念：「其實你喔，免讀遐辛苦，以後來市仔賣護膝免驚無飯吃。」又補充道：「底菜市仔大漢的囡仔袂變歹。」

我想，就算老天賜給母親一份高薪的工作，她還是會選擇這裡。那些漫布在市場裡的氣味與聲音，從來就不曾消失，它們用不同的形式繼續下去。老闆與客人之間的小小心機、暖暖人情，還有最真實細微的風景，正是這個市場教導我的，帶我看見每一個為兒女為家庭奮鬥的人，他們知足、甘願且堅定的信仰，以及各種說不盡的來來往往、光影交錯的人生。

紙彈男孩

豬肉攤前一排鐵鉤如問號倒掛，刺入濕軟的豬心、豬肝和豬腎，一顆顆在褐黃的光暈裡被懸吊起來。稀淡血水沿內臟邊緣緩緩滑落，在屠刀頻頻揮砍而凹陷斑駁的木臺上，新鮮豬腳被剁下來，一隻隻並列，分不清左腿還右腿。木臺中央，被直刀剖腹的豬身仍待細緻肢解，那掏空的腹腔兩半攤開，白骨環環可見，像一張變形大嘴，無聲呼喚上頭垂懸的心肝。對街母親攤上，我用足球望遠鏡看，在那被凸透鏡聚焦放大、卻又搖晃侷限的微縮視景之中，蒼蠅飛繞，大刀剁砍，右邊軟腎像一塊橢圓的血色果凍，冷冷垂掛，遮住了小小的紙彈男孩。

紙彈男孩沒有名字，沒有臉。可能他跟我說過，我也看過，卻在一條路對望的距離裡，串串垂掛的內臟與大腸之間，忽近忽遠的縫隙中搖擺懸晃，終究失去了全貌。

那約是國小三年級，每週末都陪母親到市場擺攤做生意。右邊賣甘蔗雞，老闆娘常用食指抹滑從橘黃雞身滴垂下來的凝固雞油，放在我小小的手掌心。膠狀雞油含起來鹹鹹的，用舌尖壓擠齒縫化開，濃重的油臊味直抵鼻腔，等嘴裡積滿口水，我就偷偷吐掉，這樣無聊反覆漱著玩。豬肉攤後是家鞋店，店面與攤位隔一條狹窄的騎樓人行通道，左邊有一塊兩坪大空間，若無人租位，紙彈男孩就會從鞋店搬出玩具，一個人坐在那裡。

已無法記起，是我主動找他玩，還是母親叫我去。紙彈男孩大我兩歲，印象中比我高一顆頭，瘦瘦的，穿一雙好看的Nike白球鞋，其餘都模糊了。店裡人少時，他不用忙著到倉庫拿鞋給客人試穿，我們倆就在豬肉攤旁玩射擊遊戲。他抱來裝箱蔬果的廢棄瓦楞紙，憑手感剪一張大圓板，黏在覆滿油汙的牆柱上。我跟母親要來固定護膝形狀用的白色硬卡紙，剪下小塊長方形，沿長邊對摺再對摺，直到這枚小紙彈夠堅硬，再繼續製作下一枚。紙彈男孩用紅色麥克筆在瓦楞紙靶上畫一圈一圈的射擊範圍，他描的圓歪歪醜醜的，間距不一，卻狡辯這樣才有趣。

等道具完備，兩人分得紙彈數枚，用虎口和橡皮筋套成彈弓，屏住氣息瞇眼瞄準，咻，咻咻，啪啪，啪。一粒一粒，在叫賣聲嘈雜的市場中段，紙彈擊中瓦楞紙板的聲音依然響亮悅耳。我們在每一發凹陷的彈痕上用紅藍筆分別標記，這幾發紅點是你，這幾發藍點是我；有時玩興大發，彼此用各種姿勢比賽，蹲著、側著、背對著，甚至在跳起來的瞬間同時發射，幾次玩瘋爆笑，隔壁砍豬的老闆邊剁肉邊破口大罵，我們禁聲憋笑繼續玩，等到紙靶上紅藍錯落，便可結算成績。離靶心越近越高分，但因每圈的形狀比例不一，勝負難辨，於是我們決定增加比賽回數，用時間證明實力，一個早上就這樣消磨過去。

落點太多，射程太短，不知是否遊戲太簡單，或兩人只能在週末碰面，熱度難以維持；有一陣子母親移往別的市場，豬肉攤旁換人租了位，日子久後，紙彈男孩沒興趣畫靶了，也少見他從店裡出來。可我依然躲在母親攤後，摺小紙彈，收集在我的淺藍玩具盒裡，像香水紙星星一樣，越積越多。有次瞥見男孩在店門口拿皮鞋給客人試穿，我在對街趁人少射出一發紙彈，穿越悶濁的空氣，錯開豬肉攤老闆的視線，剛好落在紙彈男孩腳邊。他沒發現。

好久好久不見紙彈男孩，一發發試探的紙彈射進鞋店，許是嚇著了客人，老闆娘生氣跑出來罵，我躲在金飾店角落，害怕她跟母親告狀。我不曾精準抵達靶心，落點總是凌亂且落漆。圈裡圈外，我們失去了重疊交集。有時我會假裝晃到豬肉攤旁，偷看他是否蹲在櫃檯後面，還是又到倉庫找鞋？血味飄來似有若無，暗黃光線裡紙彈男孩沒有出現，或許他感冒了，或許今天跟同學有約，又或者他要寫很多功課，但我已摺好一小箱紙彈，悶悶猶豫，要送給他。從擺攤到收攤，等呀等，等到豬肉肢解完畢，鞋店重新裝潢，等到甘蔗雞老闆不做了，等到我慢慢忘了他又想起了他，想起我還有一些懵懂，一些疑惑，卻像那發紙彈一樣，穿越黑壓壓的心事與噪音，咻一聲，無人知曉，就過去了。

素食實習生

印象中，每逢初一十五夜晚，常和母親散步到附近巷口，小小的素食麵攤圍滿了人，幾張鐵桌鐵椅隨意擺放，壁上黏米黃色書面紙，用大紅麥克筆寫紅燒麵、羹麵、臭豆腐麵、餛飩湯、紫菜湯……老闆娘手腳俐落，一個旋身紅塑膠繩綁好燙青菜，伸手找零；又一旋身掃拾桌上碗盤，招呼人客來喔來喔遮有位。夏天，食客們汗流浹背，揮扇挽袖歘歘吸麵，擦去鼻頭浮油，繼續低頭喝湯。冬天，大家窩在一塊兒，麵攤子冒著霧白熱煙，一張鐵桌擠上七八人，各個面容慈祥，你謙我讓，倒也有幾分溫馨。

我並非從小素食。事實上，當我寫下此篇，我茹素只滿一個月。在此之前，我嗜食雞排、花枝和蛤仔。小時和妹妹爭搶餐桌上的炒蛤仔，計較誰多一顆，誰少一顆，氣極敗壞咆哮互毆，最後母親對天發誓再也不買。許多年後，不買蛤仔，卻改買蜆仔。我嗜食海鮮，不愛肉類——不吃牛，因外公務農；拒吃羊，因不喜羊味。我愛好蔬菜，但少吃生菜沙拉；喜歡水果，但遠離蜜餞罐頭。

向友人表白茹素心願，常換來反射式的「為什麼」。起初我不願解釋，只是微笑（亦出於疲僡或無必要），卻仍因當下的尷尬氛圍勉強回應。誇張者睜大雙眼，以手摀嘴，不可置信提高音調：「你、吃、素？」我不好意思笑說對呀，最近練習吃。突然和眾多友人的飲食習慣切分開來，的確曾讓我在團體裡感覺難堪。我知曉飲食無對錯，但總疑惑，為什麼有那麼多為什麼。我感謝同儕關心，卻也慨嘆長期的葷食習慣，引申出許多（不算問題的）問題。常見者為「植物也有生命，吃素一樣殺生」、「吃素營養不良，且不方便」、「既然吃素，為何仍吃素雞素鴨（托葷）」……凡此種種，已有諸多討論，一個提問有一千種回答的方法，然最終仍是回歸自己，了然於心，便已足夠。

一直以來，素食易讓人產生宗教聯想。許是受母親影響，長期依賴佛祖的她，燃香、念經、跪拜……種種能和佛祖接洽的儀式她幾乎都試過，面對廣袤虛空，閉眼，俯首，喃喃自語。我相信宇宙初萌的那股生機（道），卻不執著各教派法門——道在我裡面，我在道裡面，循之行之，安定自在。小時常在菜市場裡看人殺雞，一把鋒利銀刀壓抵雞喉，拉橫割開，鮮血四濺。吃素初期，偶若有葷食欲望，我便常想起小時的斬雞畫面，感覺一把利刃就在喉前，緩緩地，由左至右，劃開皮膚，細刺痛麻深入褶皺，切斷筋骨動脈，開始呼吸困難，急促氣喘，滿頸溫熱血液濺流滴淌，咿咿呀呀，直到我再也發不出一點聲音……將心比心，如此血腥的場景，實在不宜每日複習。說來巧合，我人生第一首詩，正是國中時期，寫一尾在餐桌上被刀叉切劃的煎魚的心聲。

只能說萬物有命，人同此心，悄悄和母親達成共識：殺生殘忍，斷絕冤欠。

母親患有輕微憂鬱症，每到傍晚，恐慌襲來，菜煮一堆，想到吃不完又陷入憂鬱。三年前母親因骨質疏鬆，做了人工髖關節手術，步行能力恢復後，近年卻又病痛頻繁。我沒有說出口，那些長期醞釀的茹素意志，最終是母親使之成形。「素食」已有許多外在困難，我不願再為此著內相，不願再以此作為代換籌碼。然心底仍有一絲真切而無助地渴望，哪怕是那麼一點的，母債子償。

吃素是修養，亦是考驗。老實說，吃素不能保證身體健康。許多高血壓高血脂患者，亦常為素食者。添加過量的鹽、味精和油脂的加工食品（如素雞、素肉、醬菜、豆腐乳），不僅傷身，更失去素食本意。我本就不愛此類製品，短短幾週的素食初體驗，是一場欲望與毅力的拔河。

「素食」的選擇與界線究竟何在？純素、蛋素、奶素、蛋奶素、五辛素、方便素（半素食）等較為常見，另有生素食（不高溫加熱食物）、果實素（只食用植物果實）、魚素（如大部分的日本素食者）、白肉素（不食用紅肉）……規則多樣，不勝枚舉。或許有人會質疑：吃魚吃雞也算素食嗎？只能說文化各異，眾口紛紜，我口食我食，一切自承擔。然而當我們以自己（或大眾）對「素食」的想像去檢驗他人，簡化個體差異，「吃素」便成了一件尷尬事。我們少對葷食者吹毛求疵，卻常為素食者訂下規則。你破戒，你開齋，你不忠誠，你沒耐力……追根究柢，還是回返本心——「我行我素」是修為，是退位，亦是慈悲。

我想起李欣倫在《此身》書中，記錄一段和過去戀人T在加爾各答的「蛋捲」經驗。當李向蛋捲店員表明素食者身分，店員詫異質疑：「你吃素，但吃蛋?你……能吃蛋？」頻頻確認，反覆再三，話語中不無調侃意味。而李最終仍因店員誤加蔥蒜的三條蛋捲與T爭執，讀文至此，不禁心有戚戚焉。啊，蔥花蒜皮是細節，亦是魔鬼。

臺灣的葷食自助餐少有「背景音樂」，食客們夾菜，排隊，結帳，內用者啃雞腿，吐魚刺，舀蘿蔔湯可能還撈些桶底的碎排骨。素食自助餐則常有音樂相伴，大多宗教味濃厚，一串串佛號在身邊迴來繞去，用餐者似也習以為常，安靜嚼菜根，清盤底。牆上貼有靜思語，因果經，一張大幅海報羅列「吃素的好處」：素食減少碳排放、遏止全球暖化、降低癌症機率、延長壽命保健康；蘇格拉底、泰戈爾、愛因斯坦、史懷哲皆為素食者（下略數十位名人）……那些精美文宣和看來鏗鏘有力的科學數據，信或不信，見仁見智。偶爾看看，聽聽，自我感覺良好，潛移默化，可能也就信了。只是人生煩惱無窮盡，我不願再於飲食上增加壓力。不喜肉食，愛好蔬果，給自己一個努力實踐的理由，如此而已。

母親知道我練習吃素，起初頗為贊成，幾天後卻又矛盾地要我吃點肉。父親和妹妹皆無茹素意願，母親亦非純素食者，一家葷素取捨各異，有時不免產生摩擦。有次和母親在街頭尋覓素食攤家，東逛西找，一番努力仍無所獲，最後母親問我要不要吃排骨麵，我竟對她發脾氣。此時想來，歉疚懊悔非常，只能說自己火候經驗不夠。

阿公反對我吃素。在他的觀念裡，男性是天生的肉食者：不吃肉怎長肉？看我瘦骨嶙峋，雙頰凹陷，阿公便不時打電話來，要母親切雞，斬鴨，煎魚……語至激動處，更多了責備意味：「囡仔按怎飼的？飼到瘦卑巴！」我看著母親倚牆，低頭，駝背，雙眼無神，委屈應聲，實在不捨。早在我吃素前，母親便常接到阿公的「關切」來電；透過話筒，傳來另一套食衣住行傳統守則，雜七雜八，冠冕堂皇。面對長輩的頻繁「命令」，母親也只能順從應好。她為我承擔另一層精神折磨，煩惱無人訴，我不忍，急忙安慰：「他兒子還不是一樣瘦！也可能是體質遺傳啊！何苦為他人改變自己？」母親聽了，只是無奈苦笑。

有次為朋友慶生，大夥澎湃叫熱炒，杯碟碗盤碰撞敲響，大聲嚷嚷，在這樣輕鬆的氛圍裡，我心卻有一絲過意不去。我愛熱鬧，知道壽星為主角（又那麼要好），雖明白此為葷桌，卻也不至於挨餓（仍可吃炒青菜）。然而，等大夥吃飽喝足，準備平分帳款時，我卻猶豫起來了：我能為「葷食」買單嗎？這算另一種隱形的殺生嗎？我預想可能的誤會風險（哎呀真是愛計較），在心底反覆排練：若要特別算，那就必須將我吃的幾盤菜之價錢，除以總人數；再將我沒吃的那些，除以總人數減一。最後我將只付一部分餐錢（前者），其他人則付兩次運算之結果總和……

唉，想及此，還是大夥平分。

我曾幻想，自己有天變成一根空心菜，脆，青，窄，走在路上混入草堆，無人理睬，只需水和陽光便可生存。不必處理複雜人際，沒有罣礙顧慮，遺世獨立，然而這一切，終究還是欺騙自己。高中吃素多年的友人感嘆：「素食是孤獨的。」為了避免困擾，終結難搞，你好我好，一個人吃最好。我害怕這樣的日子，卻不願違背自己，以少服眾。不卑不亢何其困難，一顆心兩端懸擺，不免愁悶倦煩。齒舌之間，五味雜陳，嚼之磨之，吞之嚥之，漫長短暫，甘苦自知。

一個月的素食時光，是否該慶幸？慶幸只有一個月，還是已過了一個月？白馬非馬，素雞非雞，面對種種外來問題，如何才算對得起自己？素食原是一匹飲食的白絹，然在恐怖的潛規則下，縱橫交錯的杞人憂天裡，想多憂鬱，想少孤僻。優柔寡斷，反覆遲疑，是初學者的通病嗎？從未想過，小時挑戰的超長繞口令（初一吃素初二吃素初三吃素……）竟成了每日的飲食座右銘。

我想像，在那麵攤的霧白水氣裡，一直有個位子，等著童年的我，讓座給同一個老歲仔。老歲仔齒搖髮禿，舉箸顫抖，儘管老眼昏花，卻始終面帶智慧的微笑。我嚮往那樣的自在日常。屆時的快樂或悲傷，可能也就是手中那一碗，陽春麵釋懷的重量吧。

蔬菜節

自從小時讀了「傑克與魔豆」的故事後，一直很羨慕那巨大的豆株。被傑克母親無心丟棄的種子，一夜之間抽芽膨脹，旋轉纏繞，向天蔓衍，直達巨人的城堡。我幻想，若世上所有蔬菜都能如此發育，那會是怎樣驚人壯闊的景觀？

小學三年級，自然老師要我們種植物，化身小園丁，記錄發芽、散葉、開花與結果。幾個小蘿蔔頭打開土袋，用小鐵鏟慢慢填滿塑膠盆。老師分給每人不同的種子，不明說何種植物，要我們在它發芽後自行對照圖鑑，觀察莖葉與花形，寫下植株的名字。像照顧嬰兒般，日日夜夜，澆水、除蟲、量身高，看它們漸漸顯露特徵、伸展肢體，或快或慢，或直或歪，都是獨一無二的寶貝。

除了觀賞用的鳳仙花和日日春，多數人種出小白菜、菠菜和四季豆。我在土中插入竹筷，讓豆苗柔嫩的芽鬚旋繞而上，小心翼翼，雖無揠苗助長，卻也自以為是地「扶苗助正」了。

待蔬菜長成，不捨地用指甲掐下嫩綠豆莢，捧於手心，反覆端看，還不願丟進熱鍋裡。每當我咀嚼蔬菜，感受菜葉纖維在齒牙間的清甜芳香，我便常想起小時那認真對待一株植物的自己，像島嶼上的每一位辛勤農人，扛鋤戴笠，彎身屈膝，以虔敬的姿態採收大地恩惠，在陽光和沃土、雨水和苗芽之間，定格成一幅令人敬佩的身影。

四月練習吃素後，更加深我對蔬菜的好感。許多素食製品經過加工，增香添色，反而有礙健康。一些素食自助餐為菜餚添加芡粉，混水摻油，不僅增重，亦差了賣相。我喜歡蔬菜清炒，清燙亦佳，選購當季新鮮蔬果，品用時感覺神清氣爽，輕盈自在。

微涼的早晨，偶爾看見幾位阿婆在住家巷口擺上冷攤，傳統紅綠藍茄芷袋裡擠著白胖胖的蘿蔔，上面還沾些土泥，一旁躺著空心菜、苦瓜、瓠瓜等常見菜蔬，數量不多，卻十分討喜。阿婆說她們自種自養，不灑農藥，天未亮便去採收，賣完就回家休息。我並非早起之人，卻幾次聽母親提起，那些阿婆也茹素。母親在買菜之餘不忘閒聊，有時阿婆熱心建議素食者應多補充哪些蔬果雜糧，補血健胃，養肝明目，琅琅笑聲裡，有淳樸溫暖的人情。

有時踅到菜市場，挑揀近期的當令蔬菜。菜價便宜時，多買上幾把，返家順道送給阿公。臺灣有農諺：「正月蔥，二月韭，三月莧，四月蕹，五月瓢，六月瓜，七月筍，八月芋，九芥藍，十芹菜，十一蒜，十二白。」季節遞嬗，歲月流轉，天地間隱然的秩序令人肅然起敬。翻閱農民曆，在前人的智慧結晶中，依北、中、南三地羅列二十四節氣蔬果，循天順地，謙卑感恩，往往能品嘗到食材最美好的滋味。

蔬食讓人愉悅，在蔬菜節這天，童年的傑克還在巨大豆株上努力攀爬。為了共襄盛舉，我們或許也能種下自己的「登天蔬菜」，那可能是一叢叢深綠茂密的地瓜葉，也可能是又高又胖的白色豆芽森林。費盡千辛萬苦抵達城堡，我不要會下金蛋的雞和唱歌的豎琴，我只想和家人好友、巨人和巷口賣菜的阿婆一起，分享收穫，改寫故事的結局。

一對父子在路上

印象中幼稚園四點放學，父親總在三點五十分左右就到大門口，脫下安全帽，手拿報紙來回搧風。幼稚園離家只隔三條小巷，不到五分鐘腳程，也不知為何父親執意騎機車接我回家。那臺五十c.c.藍色小綿羊已破舊不堪，刮痕累累，顏色褪成粗糙灰白，尤其消音器老舊，引擎聲鏗隆鏗隆，隔著數條小巷也能聽見。園長曾開玩笑：「你爸已經在家門口發動機車了，快來收書包！」

那巨大的引擎聲盤據我的兒時記憶，小學由父親機車接送，到了國中，雖改由捷運通勤，來往補習班也須依靠父親。那樣穿梭大街小巷的匆忙形象，似乎是我求學生涯的一段印證：我趕著時間，也被父親趕著。他期許我用功上進，同時嚴肅叮囑我：「小心危險，注意安全。」

坐在機車後座的我變得好小好小，被父親龐大堅毅的背影籠罩。我懷疑世界會不會就永遠靜止在這裡，一大一小，彷彿宿命。但身旁快速流逝的風景不斷提醒我：我依然前進。只是這前進仍是父親引領，我無法控制速度或方向，只能乖乖抵達。

滿十八歲時我跟父親說：「我想學機車。」只見父親抿起雙唇，眉頭一皺，冷靜回答：「不行。」

是啊，父親說不行，我早就料到了。我知道這需要長時間的說服，近似催眠，我要讓放不下心的父親明白：我已經不是小孩。但談何容易呢。我曾叛逆和父親大吵，也曾委婉和氣溝通。像雕刻一件作品，每日一刻，日復一日，從不同角度切入，加以力度的調整轉換，父親從最初的反對到猶豫，從猶豫到妥協，他終於應允陪我至圳溝旁無車的馬路練習，但是前提：「要小心。」

炎熱溽暑，蟬聲唧唧，父親教我機車上頭的各種按鈕：這是前頭燈、這是喇叭，轉彎時要記得打方向燈，發動機車時要先壓住煞車，再按發動……我認真聆聽，看著父親皺眉又不放心的神色，心裡雖感不悅也只能頻頻說好。但當我踏上機車，握轉油門，體會車體輕盈快速的威風，父親的告誡便被狠狠拋至腦後。

「不難啊！」突然一個不穩，我壓住煞車，身體一斜，正好瞥見被框在小小後照鏡裡的父親。我分心去看，他右手包住左手，放在腹部前方，依然眉頭深鎖，一副擔心的模樣。我回轉，放慢速度騎向父親：「別擔心，很簡單。」

幾次練習後和父親至監理所路考，他說直線七秒，小心壓線。我只是隨口應好，果然壓了線。我無法通過寬僅四十公分的綠色窄路，響鈴大作，噹噹啷啷，啷啷噹噹，我不敢回望父親的臉，只是默默騎完全程，領了路考官一句話：「多練習，下次再來。」

我總被提醒：「要小心，多練習。」我知道我一定會拿到駕照，而父親會慢慢變老，我慢慢長大。這需要時間，也需要練習。我練習駕車技術，放慢速度、握緊油門；父親練習鬆解凝視、放開雙手。但談何容易。鏗隆鏗隆的引擎巨響在腦海多年不去，難以抽離。但我相信有天，我會從機車後座移至前座，肩膀寬闊，載著老老小小的父親。前進的路途遙遙漫漫，不知道那個時候，父親在後座會怎樣地望著我？

口香糖道歉啟事

我還沒有告訴她。

那年我國二，躺在花蓮度假飯店床上，右手托腮，勾起雙腳嚼口香糖。越嚼越無味，甜汁盡失，徒生口水，吐在手上一甩——

我假裝鎮定，大伯進門發現牆上異物，臉色鐵青質問七個小孩：「誰丟的？」大夥一陣哄鬧，我安靜看著八歲的堂妹。她雙脣顫抖，在洶湧的淚水中不斷否認。叔叔準備打人，姑姑上前安撫：「是你吧？是不是你？沒有關係，小事情，只要承認就不打你……」

那團口香糖早已不在牆上。當時是否神色自若，甚至火上加油，我不敢往下再想。只是感覺，它在，一直都在，像無法被吞食消化的眼神，惡狠狠，逼我回頭，讓我顫慄愧疚。還來得及嗎？用一生反覆質問自己：那蒼白軟皺的良心，在高速甩離的恐怖瞬間，是否趕得上，一句認真的抱歉。

小熊維尼筆記本

他考上大學那天，她買了一本小熊維尼筆記本送他。其實他已有很多筆記本了，有孔裝、膠裝、補習班送的，也有精緻布料封面的。他無感瞥了一眼，無法理解封面上小熊維尼軟軟的笑。正如他無法理解她滿心期待、微微上彎的嘴角。

這本筆記本包覆著淡淡的草莓香氣，內頁淺淺的藍色橫線分開每一日。她記得關於他的大小事件：一起過的生日、他第一次的戲劇演出、他考到駕照的那一天……過往片段一一浮現，卻和這本小熊維尼筆記本無關。它只是完全的空白，雖然嶄新卻毫無記憶的溫暖。她輾轉得知他常和班上S通電話，有次兩人徹夜未歸，隔天上課竟依偎補眠。小熊維尼筆記本被他當作廢紙，粗魯一撕，塗鴉、摺紙飛機或揉成紙團和同學互砸。兩頁間留下不規則的鋸齒狀撕痕，彷彿他根本不想記下什麼。

那天她偷偷翻開已被摺皺、印了髒汙的小熊維尼筆記本，遲疑許久，想為他寫一些話，但寫了又寫、擦了又擦，紙上刻出了鉛筆字的淺痕，橡皮擦屑散布桌面。她失望地撥去灰屑，那些被困在灰屑裡的字字句句滾入紙頁間夾縫，好深好深；她嘆了口氣，彷彿自己也跌了進去，在急速下墜的過程中，閃現了無數回憶的光點。但她知道，她已無法回到那個黃光溫暖、為他換尿布的、被小熊維尼包圍的房間。

麵茶印象

夜晚寒冷，我坐在書桌微黃的光暈裡，攪拌一杯香濃的麵茶。霧氣氤氳，我擱筆回想小時的天真時光，以及母親與我共有的麵茶印象。

晚上九點左右，遙遠街角會響起麵茶車攤的笛音，繞過一條條小巷，聲音便愈來愈清晰。我總是滾著水汪汪的眼珠子，拉著母親衣角，央求一碗熱呼呼的麵茶。母親常說要睡覺了，不能再吃東西，而且外頭冷颼颼，出去會感冒。但隨著笛音靠近，母親從原本的反對到猶豫，猶豫到妥協，最後仍會從錢罐裡倒出幾枚銅板，牽緊我的手，母子倆就這樣衝下樓，在黑漆漆的小巷裡尋找賣麵茶的阿伯。其實母親也愛喝麵茶，我們常把燒燙燙的麵茶倒入碗公，一人一根湯匙，就這樣安靜啜喝。褐黃濃郁的麵茶在嘴裡散溢香氣，有麵粉微焦的氣味、黑芝麻與花生的清香，沿著舌尖緩慢入喉，芬芳而不甜膩，滑順綿密，輕柔細緻如咖啡色的雲。霧氣濡濕眼鏡，身體發熱且微微冒汗，那是寒夜裡的暖意與幸福。

「麵茶粉」來自中國北方，在早年眷村扮演著重要角色。做法是將麵粉用乾鍋炒熟，炒至黃褐色時，再加入芝麻、砂糖，但要注意火候，避免砂糖結塊。之後再以熱開水沖泡，平時可當早餐或點心，家中光景不好時，亦可代替奶粉，作為嬰兒主食。麵茶在北京小吃中，一般於下午售賣，有首詩曾記載：「午夢初醒熱麵茶，乾薑麻醬總須加。」清朝乾隆年間的詩人湯米人寫過北京小吃〈都門竹枝詞〉，內有「才喫茶湯又麵茶」之句，可見其歷史悠久。在冬夜品嘗一碗麵茶足以祛散寒意，有時賣麵茶的阿伯像在跟我們玩捉迷藏似的，只聞其聲不見其人，我和母親就這樣在縱橫錯綜的小巷裡來回尋找，只盼嗅到那股濃郁、勾人心魂的麵茶香。

現在，已不再聽見那長遠嘹亮的笛音了。每到寒冷冬天，我依然在屋裡，只是少了兒時與母親共飲的麵茶時光。有時想起，我會自己到超市買包裝精美的麵茶粉，大型冷氣機隆隆運轉，一樣站在寒涼的空氣裡，回想小時和母親在街巷渴盼逡巡的模樣，心裡不禁閃過一絲淡然的惆悵。

香事

陪母親來土地公廟，金色香爐映照人們模糊的背影，爐裡香炷參差無語，像孤獨的沉思者。我端著剛洗淨的水果，側身走入廟門。裊裊香篆以魚游動的姿態，飄入湛藍天空。

這座土地公廟位於北投傳統市場旁，鄉民在廟前設置石桌，蒔些花草，每當夕陽煥照，總能看見許多老人聚在一塊兒，用扇子揮趕蚊蠅，泡茶聊天。此廟不大，卻有自己的燒金亭，另邊是小小的洗手臺和已配置好的金紙綑，民眾只需依自己心意添點香油錢，便能備好參拜材料。以前國小放學經過，總能看見小鎮居民合十默禱，或跪或站，喃喃自語，願望與憂愁化作縷縷輕煙，旋轉飛繞，壇上端坐的土地公笑臉盈盈，不曉得有沒有認真在聽？

搬家前，客廳設有小小神壇，每日清晨與黃昏，總見父親安靜點香，對著觀世音菩薩與祖先牌位，虔誠拜禱。神壇兩側亮著蓮花小燈，幽暗的紅光映在父親黝黑的臉龐，有時瞥見，浮躁的心便沉靜下來。搬家後神壇移至大伯家中，一段時間客廳不再煙燻霧裊，母親的煩惱無處傾訴，懸著一顆心不舒坦，便常帶我至土地公廟拜拜。

雖然菩薩和祖先始終於神壇上望著我們，母親仍不習慣到別人家焚香，總覺有隔。被移走的神壇像帶走過往祝願，不在自家客廳，拜起來倉促，亦有些疙瘩。尤其當精心準備的鮮花素果被告知擺放不下，母親不好逞強，只能暗暗收拾供品，卻難掩愁容。我在旁看了不捨，卻也莫可奈何。

母親在菜市場工作，長期向金紙店租了攤位，小時我喜歡躲在店裡和老闆一起看新聞，香粉與金紙沉沉的氣味包裹全身，久久不散。母親和老闆交情好，買香燭時總能便宜許多。雖自小陪母親準備香事，我對各節日的參拜禮節與禁忌仍感陌生。最自信的還是去土地公廟，擺好供品，點燃香枝，參拜後便能等待燒金紙。簡單的步驟含藏平穩靜定的力量，日復一日，香煙飄升像喃喃說話，蜿蜒在北投的小巷裡，牽繫居民的夢境。

這座小廟似已成為母親心中的寧靜地，一年前阿嬤過世，我們在舅舅家摺了一天的紙蓮花。我沒看見母親哭，返家時，她執意要到土地公廟拜拜，然夜已深，廟門關閉，我們只好在對街馬路雙手合十。我望著母親的臉，她眼皮微顫、嘴角下垂，不知在想些什麼？

長大後，很少陪母親至廟裡參拜了。這幾年北投興建了不少高樓，小廟周圍升起一家家商店，簷角的色漆剝落，瓦片鬆動，像欲掉的門牙。金爐吐著稀落的煙，煙似乎老了，卻不曾改變信仰。人影在金紙燒燃的高溫中漸漸蒸發，土地公依然安靜，祂透過輕煙告訴我們，誰家的囝仔已經大漢、誰家事業已經成功、誰已經娶某生囝……

我燒完金紙，收拾供果，母親在廟門外和朋友閒話家常。我坐在石階靜靜地望著她們，裊裊飛升的輕煙不絕如縷，彷彿時間淡薄而飄逸。偶然聽見廟裡擲筊清亮的聲響，在那虔誠微彎的跪禱姿態中，我看見天地無私的寬容、信任與守候。

這裡沒有鬼

那是一個巨大深邃的坑谷，四季陽光稀微，涼冷潮濕，分隔了兩座小山。茂密樹叢包裹了童年乾淨的聲音，彷彿自己是一棵樹，只需吸水、抽高、伸展枝葉，不必擔心世界的憂難，也不必擔心會成為世界的憂難。

一九九九年，我到阿公家住了一段時間。每天早晨，陪阿公走一段長長的上坡路，到貴子坑運動。印象中，貴子坑在北投不像陽明山、七星山那麼名聞遐邇，但這裡有著居民共同的情感。它有一個舊名字，叫「鬼仔坑」。關於名稱由來，是因以前商人開挖瓷土礦後，山背露出一條瓷土層，在黑夜看去猶如魅影而稱之。另一說是因秀山路和中和街的交叉口旁有塊墓地，後方竹林環繞，夜晚風大時竹葉因摩擦而發出「唰、唰」的聲音，令人不寒而慄。阿公一向不信這些，依然每天爬貴子坑。他說早上都會有老朋友到山上泡茶聊天，有時下棋，有時唱歌，才不怕什麼幽靈鬼怪之說。

我常背一個小水壺，學阿公雙手插腰，一吸一吐，一步步走上石階。有時我會故意跑到阿公前面，蹲在石頭上，裝一副輕鬆的樣子，大聲喊我贏了。阿公喜歡在半路上，以厚實有力的丹田對著上頭的朋友吶喊；我有樣學樣，「哇喔哇喔哇——」感覺自己是個勇敢的小泰山。山頂有座木造涼亭，阿公常和山友們在這裡享用早餐。每次快到涼亭，阿公總叮嚀我：「等一下要叫姐姐，不能叫阿姨，知否！」但那些「姐姐」其實早已兒孫成群，身體卻依然健朗，豪闊的笑聲彷佛能再度染黑那銀白頭髮。

涼亭旁有間加蓋小木屋，裡面擺放手提式瓦斯爐，架上有小罐金蘭醬油、鹽、醋等調味料，有時姐姐們會炒些簡單的家常菜，大家就這樣坐在涼亭裡吃喝聊天。阿佑是我在這裡認識的好朋友，我們常帶著自己心愛的貼紙簿，在土堆上交換神奇寶貝或洛克人的閃光貼紙。有時跑到涼亭後玩鬼抓人，兩個小孩瘋狂嘶吼尖叫、追逐奔跑，但因泥土濕滑，常常跌跤，有次被尖銳的石頭劃傷小腿，鮮血直流，高分貝的哭聲在山谷迴盪。

面向巨大坑谷有一尊小小的土地公，祂被供奉在水泥和石塊疊蓋成的小洞裡，橫向寬度約一公尺，與我的肩膀同高，立在粗糙石牆上，縫隙中冒出幾叢野草。破舊的小香爐裡只有一炷香，前面擺一張方型紅桌，上面常見發黑皺癟的橘子或萎黃的玉蘭花，還有一對破舊的筊。阿公不太信鬼神，總是快步經過，看都不看一眼；一開始我怕跟丟，只好匆匆合掌拜拜。後來我每次都走得比阿公快，只為爭取那短短的幾分鐘，好讓我認真許願。

「希望我可以考第一名、希望媽媽的腳趕快好起來、希望爸爸不要得肝病、希望全世界的人都快樂平安……」我閉著眼睛呢喃祈念，線香清淡的煙味飄來又飄散，微風拂過頭髮，我想像願望能因此到達遙遠的地方，而土地公一定能聽見。

二〇〇九年，那座木造涼亭被人放火燒了。許多年沒來，以前的空地被整建成停車場，有些則變成私人菜園。邊坡植生、格樑框護坡、截流溝、沉砂池等處理區一一設置完工，經過整治的水磨坑溪被劃分成一層層的水階。阿公說以前的山友相繼往生，少了朋友陪伴，現在已很少上山了。我不禁感到一陣悵然，生命的消逝竟如此輕盈無聲。那段美好時光，隨著年齡增長，也漸漸變得扁平、褪黃。隨著成長而來的種種魔咒，往往無解，它們像無法遏阻的歧出枝葉，不斷發芽，日漸繁密，卻終究難免凋落萎敗的命運。我始終相信，「鬼仔坑」依然完好、土地公仍在，它為我守住童年時光，守住小鎮的信仰。可我們能躲過時間的追捕嗎？

這裡沒有鬼。鬼住在別的地方。只是在我開始擔心世界的憂難，以及害怕自己成為其中的憂難之前，請讓我再次認真地有樣學樣，對著山谷吶喊一遍。

輯四——

情悟

小D

我是轉頭看見小D的。那晚我穿奶茶色夾克，冷風颼颼，在西門町看街頭藝人自彈自唱。突然有人輕戳我左肩說，嗨。回想那瞬間，總覺像雷擊一般。我也回，嗨。是一個透明玻璃杯罩住我們，兩個同樣單薄的字，帶著不同音頻在杯子裡撞盪起來。他剛從醫院上完視訊課，兩手空空，給我靦腆微笑。小D有厚瀏海，挺鼻樑，雙眼皮，左眼稍微小一些。GAP深藍連帽外套，卡其長褲，高且帥，雙手斜插在口袋。我看似鎮定其實不安，遞出波羅奶酥麵包和素食沙拉船，邊走邊想，這倒底是怎麼回事？

小D從花蓮上臺北兩週外院實習，第一次來西門町。螢光招牌跳動閃爍，潮男潮女穿過煙圈穿過我和小D。像兩團溫暖的空氣，每踏一步就感覺要飛升飄離。言不及義聊著家庭、學校、興趣和感情，我仔細聆聽卻難以記憶，只想著待會要帶他去哪裡。十一點，我們坐在中山堂後方廣場的石椅上。我說，我們是陌生人。小D靠近我，吐露一些祕密。他深邃的眼睛和黑夜融在一起。

第二晚見面小D說想看《鋼鐵英雄》，我們到公館東南亞戲院只買到第一排角落的票。電影演到一半我就無法專心，四散的斷手殘腿，炸開的小腸內臟，在隆隆砲火中變成無感的背景。我側身凝視小D，白光一陣一陣打在他臉頰，浮現眉峰與唇型。一個實習醫生看一段沖繩戰役的軍醫故事，會想到什麼呢？我挪動痠麻的身軀，望著前方暗紅色布幕，突然感到傷心。小D從一個我未知的地址抵達這裡，安心地喝著珍珠牛奶。像外星人輕輕降臨地球電影院，剛好填入我身旁的空缺。他修長的身體凹成L型，微微前仰成一鈍角，散發生澀呆萌的光暈。

隨後散步到古亭河濱公園。一路上我們都在摸索一種語言，非象形也非拼音，只是一些氣流擦過聲帶，震動喉結，經過舌面、牙齒和嘴唇，稀稀落落，搔過彼此的耳朵。河岸上，間隔的夜燈把路照得一明一暗，像一條長長的虛線。有時我們的臉亮一些，有時暗一些。有時有話，有時無話。地面上影子層疊散落，前後左右，罔兩錯移，分不清誰依附誰的形體。安靜的河流閃動波光，空氣裡飄來濕土與草莖的氣味。我滑開手機播歌，美錯、距離、太聰明……小D只是靜靜地聽。隨著旋律起伏，彷彿兩人漫步河面上，輕輕的，暈暈的，變成波浪。

粉紫色橋上，我們縮進一彎圓弧木椅。從高處遠眺遼闊河濱，暗綠色的草原將我們環繞包圍。對面發光的水源快速道路夜車來往，兩人無語凝望，還不想回家。

下了橋沿河堤走回，穿越幾個夢境走到101，走到後頭四四南村的草坡上躺下來。小D指著對面幾幢高樓問我它們的名字，這是我第一次遇到這樣的難題。101的尖頂籠罩在灰橘色冷霧裡，若隱若現。我們並肩躺著也像兩幢高樓，裡頭的員工都已下班。小D說：「我三十歲左右會非常忙碌。」他滑開密密麻麻的excel班表，給我看下學期的實習科別。我問他：「這是你喜歡的嗎？」他點頭：「在婦產科接生很快樂！」小D是善良的人。

小D回花蓮後要參加系上表演。我帶他去Att 4 Fun挑衣服，他說要有藍白條紋的元素。我們最後在NET找到一件V領毛衣，我又另外選了幾件襯衫要他去試。等呀等，小D怎麼還沒出來？滑開手機才發現他早已傳來幾張猶豫的自拍。那是他第一次等我。

小D熱中運動，他說：「我走了兩天一夜才到臺東嘉明湖。」我說現在就一起去爬象山。踩上石階，我們談起父母的職業，他說：「我爸是商人。」我問他賣些什麼？「有員工但不生產，店裡有吃的也有喝的。」我頻頻猜錯，小D扮鬼臉不想公布答案。我賭氣反問：「冰塊最大的願望是什麼？」他皺眉答不出來。爬到六巨石我說：「退伍，因為他不想再當兵了。」小D看我一眼，開心笑了。我調皮又問：「世界上最熱的島是什麼島？」他順利用臺語過關：「透中晝！」

這是夢中午時。最後一次見面是子時中山堂。「跟你說喔，這是我想要的首尾呼應。要不要一起去看《一頁臺北》？」晃進丑時的U2電影院，店員搖頭：「我們沒有這部片。」

「那，有《愛在黎明破曉時》嗎？」

小D不懂。電影開始後，我慢慢懂了Jesse和Celine，懂了自己。包廂裡燈光昏暗，我蜷在角落抱著枕頭，再看一次二十一年前的他們。看著他們在電影裡看著我和小D。是遠在維也納的兩名觀眾，恍惚天亮前，意外碰上另一部隨機播放的小電影。臨別依依，還沒有結局。

孤獨排球

熱戀初期，遙隔兩地，每日都期待手機跳出他可愛的messenger頭像，圓圓的，捨不得點開左上角紅色的小數字。

他傳來一張排球練習照，Under Armour黑短褲，深橘網眼運動排汗衫，下巴淡灰刺鬍渣，瀏海一綹一綹沾濡汗水。他濃眉挺鼻薄嘴唇，五官立體但雙眼無神，像是自拍初學者找尋鏡頭，呆萌又粗獷的違和感，總讓我一看再看。

「我想跟你打排球！」他會盡全力或偷放水？還是先練習基礎拋接，他當嚴格的教練，而我是撒嬌賴皮的裁判。

「週六我有比賽喔，你可以來看。」我興奮提著兩塊蘿蔔絲酥餅赴約，他見到我點個頭就與球友轉身離開，我尷尬找角落坐下，可能緊張？

一次又一次夜幕降下，排球場哨音歡呼聲四起，亮白大燈打在他身上，而我遠遠在黑暗的平臺後方，悶悶的，看不見自己。

傳球，接球，飛身扣網，我羨慕藍黃相間的排球，高速落地又彈起，來往飛馳，可以繼續被拋高、擊打，在空中劃出速度多變的耀眼線條。有時我感覺自己像自由球員，無法發球與攔網，但要能解讀對方戰術，勇於接球與防守。只是那顆球始終未過網，軟軟的，微凹陷，卻不知從哪裡洩了氣。

分手前兩個月，我害怕他圓形的頭像不再出現，渴盼那小數字能多一點，像永遠有下一場全新的比賽。但球場終究是被已讀的風景，燈滅人散，時移境遷，一顆球仍在闃黑的夢裡，彈跳，越線，無人回應，一日又一日，重複著那華麗而憂傷的，自我的攻擊與防禦。

莫比烏斯古亭河濱

第二次見面，我和他在寒冬夜裡散步到古亭河濱。那是我研究所宿舍後方的綠地，偶爾和閨蜜談笑夜跑，不知有天竟會向右微仰著頭，心跳怦怦牽起尷尬的手，呆望他灰暗的左臉與喉結。

他的視線總是往前，平靜緘默。戀愛初期我像一臺問號製造機，像一手拋撒出去的春天種子，落土後很快萌芽，彎彎的，只有一半嫩綠的愛的弧形。

來不及澆水、施肥，幼苗撐不了多久就枯萎。有時我也懷疑，春天是否真有來臨？而我花了五倍長的時間，才能慢慢看見腳下的路，是柏油石磚，而非泥土。

論文卡關時，我常一人來河濱亂走。無課的下午陰雲覆蓋，細雨飄落，驀地湧上一團冷涼的霧白，濡濕眼鏡與瀏海。空蕩蕩的河濱公園，一步步踩著愧悔委屈的碎片，背脊一陣寒顫。腦中忽地串起許多獨自夜跑的隱忍畫面，是王家衛《重慶森林》說的，用流汗代替流淚。一樣的綠草與河水，暗夜裡粼粼無盡的莫比烏斯環，像一條柔軟對稱的鏡面，我們曾在同一路上，只是上下顛倒，水月鏡花。

蓋住傷口，執拗如我只看見希望的意象。河濱中段地形起伏，延伸出兩條分岔路。我曾有種美好幻覺，走上走下，岔路最終仍會合一。只是霧未散盡，我執意前行，無法確知他是否跟上，在不在這裡。我本從霧中來，他是否也將從霧裡去？後來的許多日子裡，且走且停，頻頻回望，這條路並沒有縮短，也沒有延長。

回診

初次穿上醫師袍，袖子過長，肩線滑落，他調皮笑了笑：「滿好看的！」我還記得那厚磅斜紋布料的粗糙質感，胸口有他電繡的寶藍色名字。白袍披在肩頭有些重量，彷彿穿上醫院每日的奔忙緊張。就著書桌昏黃的光，自拍鏡頭前，兩人笑得甜蜜憨傻，領口下方有他鬆獅犬的圓形徽章微微發亮。

下班後，公館街頭我問他，未來想走哪一科？他狡猾張開左手掌，五根指頭像章魚吸盤輕壓我頭髮：「我可以打開你頭殼喔！」兩人亂笑一陣，鬆手後，頭皮仍留有他溫柔指腹抓印的酥麻觸感。

深夜子時，西門中山堂初見面。少年們隨著滑板的翻滾聲漸漸散去。我們並坐冰涼石椅，他向我吐露心事，話語誠懇，神情茫然。我說我寫詩，你讀詩嗎？

突兀的夜晚在我們懷裡，微尷尬，微微發燙。他有小狗般無辜的眼神，眉毛濃密端正，鼻梁高挺，雙頰光潔，笑起來露出齊整的齒列。我被他的素顏與單純震得心旌搖盪，像韓劇男主角走出電視機，沒有夢幻油膩的臺詞，不帶傲氣，而他眉宇間有未知的迷惘。

兩週內我們見了四次面，都是下班後隨興的談心夜：古亭河濱、東南亞戲院、東區粉圓、四四南村草坡、象山、U2電影院……兩人用曖昧的腳印重繪臺北地圖，像《一頁臺北》奇遇記，導演身兼演員。我知曉他陷入性向困惑，但還未到幽深的痛苦，淺淺的自我懷疑竟格外迷人。我說自己不知哪根筋不對，二十歲主動在樓下公園向母親出櫃，兩年多心理準備，一學期修課，一週爬文做功課，結果還是花整個暑假流眼淚。他佩服我的勇敢，我憐惜他的無助。臺北夜街穿織成絢燦的縮時攝影，與他走過的每一條路，都像青春不再重來的筆劃，清新真誠，沒有框架。

他回花蓮前一晚，我們又在中山堂前碰面。我懷疑自己是否喜歡他，心中也有迷惘與憂傷。我握他的手說，希望你一切順利，我想幫你。我說之前去臺大總圖借《出櫃停看聽》，邊看邊哭，甚至在博客來買一本收藏，畫螢光筆偷偷給自己寫下鼓勵的話，覺得好笑又荒唐。他看我此刻莫名緊張，對比先前聒噪自信的模樣，抿起意味深長的微笑。隨後把頭輕靠我左肩。我們沒有說話，星星在夜空裡發光。

事隔兩週，除夕收到他來訊。我竟對他輕描淡寫的問候心生怒意。事實是，在這段等待的煎熬裡，我無法處理自身混濁的思緒。熱鬧年節除舊布新，隔著手機螢幕，失神發楞：我喜歡他？

事實是，難以言說的情愫竄升滋長。我們遠距離熱戀，機不離身，半夜視訊到天明。我是戀愛中飢餓的蝙蝠，在夜裡耗費心神，在白日做夢翹課。他排班不定，我們一個月見一次面，風景裡總有山與海水。

歡聚短暫，別離漫長，他守著花蓮的白色巨塔，而我仍不願潛入論文的汪洋。每晚，我倒臥床上，等他來訊像等一根外海飄來的濕軟浮木，緊抓著，依賴著，張口呼吸，恍惚眩暈，慢慢養出了愛的疾病。

是天花板上的一道裂縫，卡在中間，不知從何開始，從何結束。

五月，最後一次到花蓮。他騎機車載我到七星潭，坐墊上不只是兩人的重量。呆坐石礫灘上，眼前有遊客歡樂堆疊鵝卵石，一顆一顆，我總感覺它們搖搖欲墜。我拿起手機亂拍，試著逗他，他的眼神都茫然拋擲到大海。此時無話，海風呼嘯吹亂我們的頭髮。

一封簡訊再怎麼短，一個人寫都太長。美好初戀，島嶼兩端，喜怒哀樂都有網速時差；像小丑自溺自棄自我調侃，復又在鏡頭前撐笑演唱。當安全感被矛盾與自責沖刷擊垮，那些隱微細節都被無端放大：IG愛心、臉書貼文、表情貼圖、視訊語氣……總有哪裡不對勁。想說的話都必須事先寫好，一次只能傳兩行。聽著秒針滴答走響，守著手機螢幕像餓鬼，心火熾烈，枯等他的文字與照片。我渴望探知他在醫院的種種細節，無法安頓內心的焦急與空缺。他說對不起，我也說對不起。反反覆覆。我們好像說了太多，卻不知是基於禮貌或實情。

楞楞望向胸腔內科的紅色跳號燈，隱忍近四個月的胸悶窒息感，不敢告訴別人。聽診器按在胸口，長而和緩地吸氣、吐氣，閉眼瞬間，我想起熱戀時，他也曾用聽診器捕捉過我的心跳。那是血液流過，兩片柔軟瓣膜關閉貼合的微小怦怦聲。他聽力敏銳，只是我們之間，並非臟腑與聽診器的關係。我幽微自溺的情思妄念，他聽不見。

醫生檢查後一切正常。「有心事嗎？」我眉頭一皺，不願多說，接過精神科轉診單，關上診間門，鼻頭一酸。他曾傳給我手術房的開刀影片，戴上口罩網帽，身穿寬鬆手術衣，把自己包裹成一個小綠人。病人的胸腔被器械打開，架住，一顆心臟在裡頭縮放跳動，鮮血染床。我心疼他日夜顛倒，加班熬夜，實習壓力排山倒海，學海無涯，晨報病歷亦無涯。他在遠方而我漸漸看不見他。

我想幫他，他木訥寡言而我總有太多的話。我想幫他，他情緒深藏而我無法安於現狀。我以為自己是他的感情醫生，分享各種親密關係的維護方法，硬生生把他推向一個病患角色。事實是，我不知自己也在實習，嘗試各種縫合血管的技藝。只是過程蒼白缺氧，歡憂起伏，甚至已難以確認何謂健康。

八月中收到郵局小白鴿便利箱。我又驚又喜，倉促撕開，只見明信片、沖洗相片、詩籤、全新毛巾、平權別針、米奇拼豆鑰匙圈……安靜整齊躺在紙箱裡。很久之後，我才能意識到那是短訊分手後一個月的事情。很久很久之後，我才能用膠帶封箱，把自己和眼淚裝進去，塞入衣櫃更黑的角落。

友人幫我預約心理諮商。進入晤談小間，諮商師遞來面紙。手上A4紙密密麻麻爬滿心事，像外星語，也像幼稚的教案。碩二時，我修過教程輔導原理與實務，自詡已掌握輔導能力，此刻才發覺自身的荒誕無稽。諮商師慈眉關注，反應式傾聽，平和同理，沉穩提問，我卻因陷溺而頻頻出戲，因坦誠而欺瞞記憶。我說，我想幫他。諮商師說，你要先幫你自己。

我共諮商四次，每次回返，重啟諮商室大門，都像穿越一層層光影扭曲的結界，往前觸碰不堪的現實。諮商後我歡悅心癢，傳訊給他，說自己好很多，不用擔心。但情緒漲退如潮浪，無法遏制，無法斷聯，無法不創造解釋。他為何寄回包裹？他用什麼心情度過？我是否耽誤他的習醫之路？

十一月，天暗得快。下課後，我必須匆匆騎回宿舍，趁室友未歸，把今天的眼淚流完。小椰林道上冷空氣一團團壓下來，我像失重失溫的幽靈，在汀州路三總院前的巷口等紅燈，無端恐懼。深秋的急診間冷白空蕩，不見病患，救護車安靜待命，護理師在百葉窗簾後發呆。我的執念驅使我看見，視線穿透牆壁，他低首疾行，抓著木紋夾板和公務用黑手機，胸口掛兩枝原子筆，面容疲倦。要去巡房嗎？抬頭望向醫院高樓鐵窗，大風灌入，粉紅色隔簾飄呀飄，他還沒下班嗎？

逞強的日子藕斷絲連，我疲勞嗜睡，焦慮狐疑，更常呼吸窘迫，胸悶心悸。小時曾因高燒不退臥躺醫院病床，睜眼，望著頭上灰白的方形拼接天花板，望著一旁圍繞的，一圈鐵銀色細窄的遮簾軌道。一圈一圈，像一個大大的「回」字，從上方冷冷地凝視發熱的我。我受困其中，無路可走。

我換過兩家精神科診所。初次掛號，陷坐沙發，水晶琴音輕盈環繞，黃光溫煦柔和，瞥過牆上的憂鬱症量表，內心糾結矛盾。醫師從兒時問起，我知道他要從頭為我的生命斷層，記錄關鍵事件。我尷尬向白髮醫師出櫃，坦承近期的非理性信念，卻換來他無同理心的指導語言，近乎責備。錯愕之際，我失望的視線移向他身後懸掛的一幀遼闊山海，我聽見浪濤聲從畫裡隱隱捲來。

迴旋縈繞，周而復始，回憶以圈狀軌跡不斷旋轉、擴張。時常我感覺自己是兩個人，一個每隔兩週回診，一個頻頻重返情感地景，尋覓可能的醫生，請他重開甜蜜的藥方。那會是哪裡？IKEA、愛河、兒童樂園、寶藏巖、初鹿牧場或鐵花村？

墨藍與橘紅相揉的絢麗晚天，灰雲聚湧壓抑。我向醫生回報狀況並無改善，腦袋裡哭笑吵鬧，舊日場景重疊錯置，鬼影幢幢。想不到每日五件快樂的事，作業缺交。白天唯一起床的動力，是上網查找復合文章，冷凍期，傳訊技巧與二次吸引……夜晚，待室友就寢，我常一個人走向宿舍陽臺，在洗衣香氛裡蹲著，發楞，反覆模擬拆解包裹的動作，模擬他如何安放諸多情感物件，囈語喃喃。

宿舍閉關的日子，斜倚窗邊，掌心滲出汗水。得安緒錠的圓形糖衣膜融化，在掌紋間留下桃紅色印子。遙望遠方錯落的公寓水塔，天際線切割灰濛濛的山稜。想念翻山越嶺，只要抵達山的另一端，就能回到沒有阻隔的花蓮小鎮。他會載我到楓林看櫻花瀑布，會叮嚀我少說話小心走路；他會用平板向我介紹骨骼，在房間裡看原文書，然後練習打鼓。有時心頭湧上強烈呼求，我想請他用專業，打開我頭殼，幫我阻斷記憶的迴路。日升月降，光挪影移，深呼吸，一次又一次，我只能閉眼吞下另一顆淡紅橢圓的贊安諾錠，躺回床上，讓幻想暫時休息。

棄物已然清理，而我如何回到過去，撿回殘破的自己？我傳訊，他回避；我心回意轉，他扳回一城。繁複華麗的回診內心戲，像一部無聊的章回小說無結局，我是作者，亦是憔悴的讀者；是醫生，也是唯一的病人。是薛西弗斯，在心的病房裡原地打轉，在隱形的山海間無聲輪迴……

我並不真正認識他。後來空出的許多日子，我常莫名重返醫院，想體會他的奔忙與時差，在各樓走廊間恍惚遊蕩。繳費與領藥櫃檯叮咚叫號，淡而腥涼的藥水氣味揮之不去。中年醫師頭髮蓬亂，眼鏡垂落鼻翼，胖小腹，寬黑褲，舊皮鞋，白袍下襬掀動翻飛，急急轉進另一個不知名的異次元。我枯坐診間門口，總感覺他在裡頭，下一個叫號的是不是我？一股深沉的牽引力量湧上心頭，公館夜街旁，頭頂浮現他調皮用指腹輕壓的抓力。我像一隻小木偶，是他在遠方用無形的絲線操縱著我？或那只是從我心中曲折反射，疊合加成，延伸一層層迷執、貪妄與困窘的失真鏡像？

來回走繞，茫然生疏，醫院本非永居之所。或許，我從未進入真正的診間，從未抵達傷感的盡頭。身處巨大的迷宮，一次次轉頭回望，來時路縱橫交錯不復辨識，遼闊寧謐的黑夜裡，一幢醫院巍然矗立，從上而下，一磚一瓦，漸層褪了色，慢慢消解而透明。彈指，輪廓消失，剎那間，空氣裡有糖粉飄懸，輕晃，閃爍著脆弱又倔強的細小微光……

雪路獨行

厚毛靴底踩碎冰雪，一步一步，沙沙沙，從停車場經過吊橋與主街，轉進爬坡道，徒步走上合掌村天守閣展望臺，約需二十分鐘。這是我不曾臨訪的雪村，初見落雪紛飛，歡悅欣然。一條條枯枝上頭積滿霜雪，半白半黑，欲落未落。

過年時他來訊問候，隔了一天，換我傳訊問他：「那你現在有喜歡的人嗎？」隨即把手機翻面，心跳怦怦。

醞釀這個問題多久了呢？怎麼這麼突然呢？兩年半來，傳訊，清空，傳訊，清空，是我犯痴用念力創造一條似有若無的金色的線，懸著，飄著，我以為他曉得，我也以為我曉得。

輕輕搔一下，卻平靜而銳利地割出了傷。

傻得像雪一樣白且鈍，卻以為自己很聰明。

這是我不熟識的雪國。低首獨行，想起一個，模模糊糊不熟識的人。他早已不在這條路上，沒有腳印，也沒有對我微笑。在黑白的畫面中間，傻不隆咚，我要把彩色溫暖的想像力收回。

雪終究是會跌落的，不落也要蒸發了。我還停在冷風中搖顫顫的枝頭做什麼呢？

望夫石，起來！

在澎湖七美島上騎車奔馳，狂風呼嘯刷過臉龐，嘩嘩翻捲的浪濤聲中，遠遠望見那橫躺岸邊的望夫石。

相傳，島上有對恩愛夫妻，丈夫每日出海捕魚，妻子皆在金燦夕照中等候愛人歸來。一日，丈夫遲遲未歸，有孕在身的妻仍痴守港灣。一日一日，不見丈夫身影，望著，盼著，最後體力不支，倒臥海濱，髮、頭、胸、腹、腿緩慢延伸，拉長，深情地石化。

妻子的執著不悔令人心傷，此刻我想起米蘭昆德拉曾在《生命中不能承受之輕》描述過的一場夢境。黑暗中，一位女子躺臥墳墓裡，消瘦憔悴，男人的探視是她唯一快樂的光源。她的一天只是幻想與等待，就算知曉男人已有新歡，但她還是等。等到墳塚荒蕪，天地變換，她的心是憂鬱下旋的黑洞，往內凹陷、塌縮，男人早已忘了她當初眼角的甜美星芒，此刻只驚見自棄的骸骨。

無關承諾與辜負，耽溺、盤算、猶豫與呆傻總是一人的情路。遠眺望夫石，我的眼光隨著那橫臥的妻子移向更遼闊的尋夫海平線。有人說丈夫絕情無義，有人說，丈夫在遠方也回望成頑石。是負心漢或有情人呢？惘然的此刻，海浪反覆沖襲一顆漸漸石化的心。單方的臆想與枯守讓愛消耗，我只知道自己已經不美了。日影傾斜，路途顛簸，忽地一聲強烈吶喊湧上心頭：望夫石，給我起來！我載你走！

雙心石滬

退潮時分，從高處欄杆眺望，在一片鑲著白浪的碧藍海濱，兩顆愛心立體地浮出水面。雙心石滬是利用玄武岩砌築的弧形石牆，由水淺的導魚滬手和水深的集魚滬房所構成。漲潮時，海水淹覆石牆頂部並帶來魚群；待水退去，魚群便困於石牆內，茫然地來回游繞。

最初，雙心石滬只圍了一圈石頭。然僅只一圈，魚群仍易流失，故老前輩又再搭圍一圈，且向內凹建，形成兩個狹窄滬門。這是一場浪漫的捕魚陷阱，觀光情侶手比愛心，為眼前的「心心相印」拍照打卡。而我一人望之良久，感覺自己被吸入那淺而危險的石滬中，變成一尾落單的小魚。

深愛與受困，自由與擱淺，在雙雙圍繞、相嵌相依的石滬中形成一場弔詭的辯證。入戲之人就有入戲之苦，我曾渴望被戀人安穩地擁抱，在雙臂堅定的港灣中靜靜睡著。從高臺望去，那石滬小巧而美，不知歷來被多少戀人投以幸福相守的柔情視線。恍神的此刻，猶豫不決，我要陌生夐遠的海洋，還是被催眠的虛幻池塘？

潮起潮落，時間的浪花不斷拍擊我脆弱的心胸。大風呼嘯灌進胸口，一時悵惘且虛乏無力。

圍起來的愛與傷害，相生相滅，無法分開。我曾盲目地搭建偏執的石牆，但雙心已經空了，裡頭已經沒有魚了。日復一日，沉浮漂流，回憶是一幅單純好看的風景，漸灰，漸遠，無關乎獲得與失去。

霧中三仙台

清晨六點，messenger跳出他照片：「霧中的三仙台喔！」島嶼北端，盆地黑暗的棉被裡，手機亮起興奮的朦朧曙光。

相傳過去阿美族在三仙台放羊，羊群因自然的潮水起落，受困其上。

島嶼初戀，螢幕兩端。純真笑語，無助煎熬，漲潮，退潮，一波波，拍擊信念，蝕穿承諾。

一座橋在霧中，漂浮，始終沒有落地。

彷彿是不曾存在的曙光。一千個想念的日子，一千次揉開眼睛。走上橋，冷霧散去，羊群隨眼淚蒸發。鵝卵石上只我一人，聆聽風的悵惘，細數時光的海浪。

星星部落

前往臺東的火車駛入夜晚，抵達夢的國度。那是視線朦朧、身體發燙的熱戀期，嘴角常莫名抿起一絲笑意，像三月夜空懸掛的上弦月，我們總是抓住那細微發亮、即將圓滿的愛的希望，初戀理當不屬於空缺。

離開臺東夜市前，你到7-11買了件黃色雨衣。我調皮戳你右肩：「又沒下雨！」只穿一件薄長袖的你挑起可愛的睥睨眼神：「雨衣防風保暖，上山你就知道！」

沿著闃暗山路蜿蜒繞行，與最後一盞路燈擦身，夜空突然暈出一層薄藍光霧，竹林刷出寒風，蟲聲唧唧，蛙鳴咕啾，我看見星子在遠方隱約閃爍。

傾斜、粗獷、厚實是你帶給我的身體感，像這條寬大而神祕的卑南山路，也像這座被星星包圍的部落。你是擅長爬坡冒險的選手，只是初春料峭的夜嵐掃刮而過，凜冽刺骨，齒牙格碰，我在機車後座用橘紅圍巾圈住彼此頸項，雨衣噼啪作響。霧中精靈若撞見兩人的滑稽身影，許應嗤嗤竊笑吧？

抵達197縣道的星星部落，我們就著小木桌上一盞蠟燭燈，以枸杞紅棗茶、桂圓薑母茶乾杯。

前方攤開一片寧謐的臺東夜景，淡藍、亮紅、橙黃、暖白星星點點，我看見你嘴中呼出的白霧，輕輕升至上唇散逸。齒間尚未成形的話語無需翻譯，此刻我們飄浮空中，星光與燈火，山海與夢境，那是屬於我們的島嶼東岸，無聲而壯闊的後青春期。

流星終究不屬於這裡。希望與悵惘，拖曳同一條長長的尾巴。回憶如風穿行，月圓月缺，那一瞬乾杯的甜蜜溫煦，有來自光年外的星子為我們見證，倒映在彼此眼中成為永恆。

伏見稻荷

熱戀時，我曾無意瞥見他桌旁的環型小筆記本，上頭有句：「What does the fox say?」那是他寫給前任的調皮字條，他們曾一起去過伏見稻荷大社。

我聽過那首模仿動物叫聲的搞笑歌，我一點都不喜歡。但我喜歡他在下一頁，偷偷記下我喜歡的事物。

分開兩年後，我完成碩論與實習、考上高中老師，獨自到千本鳥居散心。

傳說透明的狐狸會引領田地之神至人間，讓穀米熟成，翻起金黃稻浪。宇宙星辰中的一粒米，與另一粒相遇，又相遇，紛紛完成自己生命的軌跡。願眾有緣人，停留或走，都有美麗的豐收。

合掌村合掌

細雪飄飛，寒風拂面，獨自拜訪積雪已達三十公分的合掌村。我在心中喜悅合掌，感覺自己是幸運的人。

「合掌」意象看似平靜溫柔，然其由來與戰爭有關。日本平安時代末期，源平合戰爆發，平氏一族為躲避源氏追兵而逃往深山。為適應山谷地形與氣候，先民將木造茅草屋頂設計成六十度斜角，利於積雪崩落。上頭梁柱以綑繩加嵌合方式固定，加高的底部可防潮。房子朝南北向，與山脈走向垂直，能抵擋寒風且調節日照，冬暖夏涼。

我注意腳步，避免踩到透明冰塊而滑跤。經典的斜角房頂像一本向下攤開的書，罩住溫暖的家屋。上頭覆蓋的白雪像糖霜，木造牆壁如巧克力餅乾，一幢幢整齊並列著。

沿著斜坡走上天守閣展望臺，童話般的美景一覽無遺，令人屏息。一陣風來，陽光透出雲層，從鑲著金邊的縫隙中灑落，遠方的小屋頂都蒙上一層暖黃光霧。

此刻我想起了他。想起分開以後，我一個人，牽著透明的小雪人旅行了好多地方。他的手很冰，就像此時我彎身撈起的一團雪，握在掌心凍得沒有知覺。我想守護美麗的雪花，他在我心上還沒有融化。可是我要走了，掌心鈍且刺痛。我艱難而緩慢地伸直手指，皮膚紅腫緊縮。從高處眺望良久，不知為何，內心充滿了感謝。在遼闊的皚皚谷地前，我想再次閉眼合掌。是一份遙遠寧靜的祝福，我想讓他留在這裡，我想將他輕輕地放下。

輯五——

日常顯微鏡

賣時間的人

在臺北後車站等朋友看電影。時近傍晚，行人稀疏，距離放映開始還有一個小時，可以漫無目的走走逛逛。賣麵煎嗲的年輕人攪拌麵糊，開火熱鍋；賣淑女服的向騎樓擺放塑膠模特兒，彼此袒胸裸臂，等候換裝；賣書包的阿伯舉起竹竿，伸向外頭棚架挪移出空位，又掛上幾個SPYWALK後背包。

舔著7-11抹茶霜淇淋，找了空位坐下。民宅與民宅間，一條狹長歪斜的天空發著光，橙紅渲染藍紫，一絲牽連一絲，漸層向遠方淡去。轉個身，對面一攤賣手錶的，年約二十來歲的年輕男孩打開紙箱，雙手一捧，再一隻一隻仔細擺在潔白絨布上。攤子後有木櫃立架，上頭疊了幾款盒裝運動電子錶，兩旁有各式鬧鐘，前方是一排粉紅嫩綠糖果錶，右邊則是金屬腕帶款，一桌排開，琳瑯滿目。男孩歪著頭仔細調整長短針，鬧鐘一顆一顆在昏黃的夕照下響了起來。

我在對面望著，總覺哪裡不對勁，這樣的手錶攤不該出現在臺北後車站。放眼望去皆店面，或許店內即住家，一條街大抵皮件、男女服飾、五金、美裝飾品、批發玩具……風吹日晒，店招刷上一層白，視線沿騎樓延伸，總是暗了一層色階。那些縫隙與角落，時間蹲在那裏，生出了草。店家擺置商品不算凌亂，卻仍帶著幾分隨意，塑膠膜套住行李箱，上頭沾附灰塵，邊緣劃開幾條小裂口；一桿立架不嫌重，硬是肩起十幾個素面尼龍腰包，頭上還戴了五六頂遮陽帽；居家拖鞋凌亂躺在大特價花車內，輾轉翻身，像睡過一場又一場難醒的夢，前頭的紅標籤紙卡也褪了色，看不清是一雙190，還是100。

男孩就這樣在街邊擺一個攤，其他商家老闆都在室內，或許吃飯，或許小眠，平日傍晚實在沒什麼人，男孩卻抓了顆潮頭，金邊圓框眼鏡，細格紋襯衫紮進褲裡，一雙乾淨寶藍New Balance，這是文青？他應該出現在青春賀爾蒙濃烈的西門町，或東區捷運站附近小巷，和朋友勾肩搭背，聊新款手機潮牌鞋，看碰碰鏘鏘科幻片。怎會在這稀薄夕照下，獨自一人張羅擺攤？

那是十五年前，《你那邊幾點》的小康在臺北車站天橋上，打開一只裝滿手錶的墨綠皮箱，蹲著吸菸，懶懶地等客人來選。明天就要飛巴黎的湘琪偶然經過，在攤前看了幾回，最後卻要定小康腕上的舊款。看似短暫會面，湘琪卻意外倒轉小康的時間，這慢了的七小時被帶回家裡，母親堅持是死去的丈夫所為，母子兩人開始詭異地以冥界／巴黎的時間生活。小康對母親的迷信嗤之以鼻，自己卻難免陷入這段時差。兩個黑洞無語對望，一個幻想巴黎異國，一個耽溺冥界陰間，偏執與落寞，恐懼和疏離，籠罩全片藕斷又絲連，在分針秒針間，一點一滴慢慢生鏽。

因為賣時間給別人，自己才得到那多出的七小時嗎？正確的時間給了他人，有缺陷的，就獨自一人慢慢消磨。身在此地，卻總幻想著遙遠他方，那或許是異國漫遊，生死重逢，憾恨追補或種種抽象具象的自我實現，只是那樣美好的投射總也染上一層昏黃，像達利一九三一年的名畫《記憶的永恆》（La persistencia de la memoria），癱軟的時鐘被抽去骨骼，趴著掛著垂著，無力慵懶，籠罩在悶昏昏的黏滯沉重裡，沒有聲音。這也是種堅持嗎？不得已扭曲自身以抵抗線性前進，還是外在世界太高溫，終究融化了實現的可能？時間牽動著時間，慢一點，再慢一點，我以為等待能找到答案，但是永恆不給我。

只知道有些時間是再也調不準的了。就像今年二十三歲的我，讀書，家教，寫報告，在空隙中偷得一瞬傍晚，呆坐在此，腦袋放空，看著男孩打開那裝滿時間的紙箱，從箱中撈出舊錶，拆了新錶，彷彿一日又變得漫長。男孩是第一次來這擺攤嗎？他又攜帶著怎樣的時間和故事？或許我該去跟他買隻便宜的手錶，串起一些夢幻的可能。只是這樣的閒情逸致總不在表列之上，我總覺有什麼重要的事在前方等著，像達利的軟時鐘，以為自己倦了，糊了，背後發條卻仍鎖得緊緊。

啊，這是庸俗，是煩惱，男孩的鬧鐘響完了，霜淇淋也吃完了，必須找個垃圾桶丟。看看手錶，竟已六點十分。電影即將開演，我得速速趕去才行。

在復健室

從櫃檯領回物理治療復健卡，穿過聯合醫院嘈雜的掛號人龍，忘了第幾次說服自己，一階階上升的樓梯陰暗迴旋，將領我通往健康的所在。只要堅守意志，一次又一次，反覆重來⋯⋯

前年秋天，初次做了電療和頸椎牽引復健。事實上，從發現肩臂不適到就醫治療，我已延誤三個月之久。那是期末考最後一科，我忍著右手臂的痠軟無力，隨意貼了兩片藥布潦草交卷。考後一週症狀依舊，我給自己藉口拖延，日復一日，夏天到秋天，從肩膀痠緊到頸椎僵硬，從寫字微顫到舉箸乏力⋯⋯我忍，忍夜晚棉被裡拗折的手臂和腿骨，用畸形的體態入夢又失眠；我忍，忍通勤時書包和提袋的沉沉壓迫，筋絡阻滯，一身痠癢，左右搖轉腰椎，用拳頭敲打頸肩，嚴重時感覺胸悶，偷偷到車站角落插腰扭臀，彎身壓腿，扣緊手臂強拉硬拽，努力扭轉四肢尋找癥結，像一場安慰自己的滑稽表演。

我坐在三樓牆邊，等物理治療師前來。日光燈管一根一根平行排列，透過黑色玻璃窗投映而向外延伸。復健室前段有兩排椅子，中段是淺綠色的腰椎牽引復健床，後方有五臺頸椎牽引機，垂掛著黑色的下巴托帶。物理治療師拿來熱敷袋，裹上毛巾，告知我待會將接續電療和頸椎牽引。初聞「電療」二字我心一驚，腦中閃現插座的銀光電花，擔憂裡卻是無聲的莫可奈何。治療師將冰涼的電療貼片黏於患處，幽默笑說：「我要電你了喔。」

在這輩子全身充電的二十分鐘裡，感覺自己像一具從文明世界逃逸出來的原始肉身，那想必是不容易的決心與叛離，卻又宿命般地復返此一文明所在。兩排椅子坐滿病患，交錯的電線透過貼片黏上背脊、腰椎、膝蓋或腳踝，輸入電流，一震一顫，肌肉隨著電波規律跳動，像一群失去平衡的木偶，正努力尋回感覺的能力。直到儀器發出嗶嗶聲響，治療師領我至後方頸椎牽引，拉開受壓迫的頸節，舒放神經，並隨著一次次的療程而增加牽引強度。每回復健，後方一排靜坐吊頸的畫面常讓我聯想到死，事實上是模擬死亡般弔詭的重生練習，革皮托帶支撐受傷的頭頸，拉至最高處暫停，又緩緩放下。我坐在機椅上讓儀器重複相同的動作，想著未來漫長的復健療程，意志力被提高，繃緊，又放鬆下降。

復健頻率依改善狀況而定，最初兩個月，每週花三個晚上物理治療，漸漸也摸熟了復健室的儀器與人事。我常呆坐椅上，凝視人類發明的復健機器，交錯披垂的電線如髮，轉鈕是眼，青綠色的方格光點如齒列。深深望著直到眼神失焦，視線渙散，竟感覺它們也有沉沉的心事。由鋼筋鐵骨打造的冰冷身體，用各種姿勢倚靠在活人的血肉之軀，冷熱相依，一健康一隱疾。不知是否接觸活人久了，習染人氣，靠前門的第一臺電療器沉悶恍惚，電力虛弱；右後第三臺拉頸機吸附了汗臭、髮油和香水，像一生濃縮的氣味。拉頸的病患面無表情，多半是中老年人，有時不小心與他們眼神接觸，總是不好意思緩緩飄開；偷偷游瞥回去，卻迎來慈祥的微笑。小學生提著便當盒陪媽媽復健，趴在床沿無聊地捲玩床單；剛下班仍穿著西裝皮鞋的男人邊拉腰邊滑神魔之塔，病床嘰呱嘰呱發出聲響，一臺機器亮了又換一臺。治療師快速穿梭診間，幾乎就要成為病人的偶像。離開時，文明的復健工廠外，還有一排鬆散的身體等待叫號，不出聲，苦一張臉，比起急診室的鬼哭神號，這樣的進廠維修似乎更接近生命實相。

復健綠卡如名片大小，劃分十格，掛號時蓋章確認，記錄拉頸磅數供下次調整提升。我催眠自己，小綠卡是國小的榮譽集點卡，集滿章數便能兌換免費的樂園入場券。然幾經俗事干擾，從一週翹一次，兩次，接著一個月、兩個月……復健療程斷斷續續拖了一年，母親總碎念，「復健一牽拖就慘，家己就是過來人，五十塊嘛是錢，懶屍貧惰欲安怎好？」我聽了也煩，累計著小卡的印章，一張滿了換一張，從十七磅拉至最高三十磅，肩頸手臂的痠軟無力卻未好轉，不知蓋一格是生一分信心，還是多一分自棄。每日拖著病體上課，屈縮座位，忍著半身的沉悶僵緊，不敢告訴別人。日漸惡化的頸椎與右臂無力，讓我深切體會輾轉難眠——握緊拳頭，用背部壓覆右臂，彎勾左腿，脖頸轉向左邊。這是最舒服的入睡姿勢，卻要在麻痺時輾轉交替，時正仰時趴伏，左右皆難。幾次複診，醫生要我用極限的磅數繼續拉，印章持續蓋，起初的成就感消磨殆盡，復健室的叔伯阿姨一個個都不再來了，一批新面孔又接上舊機器，循環無已。

我想起小學時代，有段時間常陪母親至國小對面的復健中心，治療師先幫母親熱敷雙腳，在膝蓋和大腿抹上膠狀透明膏油，再用一臺熨斗般的鐵銀色圓板來回抹滑，環狀按壓。直至我升上高中，母親的長短腳仍磨損著她的精神，出門必須攜傘為杖，無法久站久行；跑了多家中西醫院，聽信民間偏方，症狀卻時好時壞。長久的隱疾讓她恍惚多疑，煩躁焦慮，有次母親獨坐客廳沙發，手撐額頭，眉心深皺。我上前安慰，她卻喃喃抱怨，小時有回幫我洗澡，為了一通電話衝出浴室狠狠摔跤，撞上桌腳。拖了多年，走路痠疼，膝蓋無力，檢查發現骨質疏鬆，卻依然拒換人工關節。偶爾陪母親散步，她常用丹田大聲一喝，使盡力氣加速前行，把我落在後頭。母親認真地說：「按呢冤親債主才袂追到，閣忝閣痛嘛欲行！」

母親常怨嘆命苦多病，該還的總還不清。那些隱形冤欠，是否早已注定此生漫長的復健？肉身還債，何時了完？一世世的因果輪迴，若是一場又一場的靈性復健，不為肉體享樂，只求認清真我無畏解脫，那是否更接近宇宙的真諦呢？我想母親是知道的，這無奈重複的困累是消業，是清償，一世又一世，修身養性，嚴以律己，只為趨向那原始永恆的健康。只是我們都還離之太遠，耽溺此生的假我軀殼，尋求表象的短暫快樂……

無形中，不知是否接收了母親的恐懼，肉體的緩慢摧折，長拖細磨，讓我日漸精神渙散，怔忪難安。有時症狀惡化，我會瘋了似地胡亂甩手，重搥胸膛，用後背撞牆。我沒有跟母親說，有次夢見自己被吊在頸椎牽引機上，復健室裡闃暗無聲，只剩儀器閃著冷光。汗濕醒來右半身麻痺，像一張無形的大嘴緊咬在那裡。

長期的筋絡不順，讓我不自覺地拗折手指，輕轉、側折、直拉，十指交扣擠壓……感覺自己像一張被捏上癮的泡泡紙，啵，啵啵，喀喀喀。關節與關節間的氮氣被擠壓出來，不久又再次手僵胸悶。一副骨架究竟支撐了什麼？和有病的身體朝夕共處，多想把全身的骨頭抽掉，虛軟軟，剩一條皮囊攤貼在地。困惰渴睡的日子裡，早晨醒來望向天花板，總是心有不甘。不甘輕易投降，不甘遺忘，斷斷續續我說服自己，被撐挺的肉身有它要完成的使命，有骨有氣；縱使牽拉拗折讓人身癢心煩，我仍幻想，在那些看不見的縫隙裡，還有細碎的骨氣，由內而外，艱難地對我發聲……

換了幾次醫生，流連大小醫院，照過核磁共振和X光，做了針灸、水療和肌電圖檢查……醫生對於病情說法紛紜，我卻渴求一個準確答案，好讓我不再焦慮疑猜。最初的復健室後方有座慈后宮，小時常陪母親來，燒香跪拜完她總要問：「你有沒有求神明保佑我平安健康？」我隨意答腔，對這虛浮的祈願無痛無癢。如今我屈坐復健室熟悉的角落，透過窗戶隱約看見廟簷光暈，隔條小巷，我總猜想神明的視線能否穿透水泥牆，俯視這些坐臥機臺上的芸芸眾生？能否看見我的祈禱與逃躲，頑強與苟活？肉體人間，損耗復健，若外有神靈，內裡又是什麼在指揮這副溫熱血軀？外求無望，內省疲勞，肉身與靈魂的角力，人與神的呼喚感應，不禁讓我想起母親的因果業障說，看不見的因絲果線跨越時空，勾扯牽纏，世間的小傷與大患，只因我們有此身。

因為愛惜，所以受苦。真實人生有缺有陷，有傷有疤，放棄復健會快樂一點嗎？只是此身不由己，繁華文明裡，暗藏一座又一座未了的身體廢墟，操勞只為了符合紀律，肉體在隱然的秩序中被分類規整，衍生了相應的儀器與療程。有病無病，此介肉身仍須被端正——拉筋整骨，健身塑形，讓一切合乎常態；欲求甚者，壯臂瘦腰，豐胸翹臀，攫捕他人目光。

那是一種怎樣的效率？一個動作必須有效牽連全身神經，朝向正確的姿勢勤奮努力。推之極端，身體必須被徹底使用，無謂的肢體活動是罪，是浪費。反覆操練，失敗重來，直到成為習慣，完美的毀壞。

是否該慶幸，此身使用得仍不徹底，只是局部疲勞乏力。然此鬱塞感卻讓我深切聽見身體的誠實。它讓我知道，其實幸福已住在裡頭很久。復健該從何開始？這漫長的遞迴遊戲，內建了砥礪人心的優良喻義：反覆整建，重回健康。健康之後，再來一場耽美的體操，華麗的雕塑。只是這冷白的復健室仍進行低階的修復使命，我無聊靜坐，視線向外，黑色玻璃窗投映了一根根的日光燈管，消泯了牆界。在世間這座巨大的復健室裡，放眼望去，煢煢獨行卻無人知曉，這一

「復」究竟需耗時多久，還有多少細碎的摧折與拖磨。

我常想像未來，都市人各自背著多款復健儀器，在繁忙的絢爛新城來回穿梭。或只是一臺萬用輪椅，每個人輪流坐了上去，到頭來，肉體比文明更快地預告壞毀與坍塌。幸好此介肉身仍會疲軟鬆垮，在更多的東西壞掉之前，還能專心而艱苦地對抗自己的親骨肉。

「腰桿向前挺到最直，再直，好，微收10％。記住，這是最完美的姿勢。」猶記首次電療，復健師見我坐姿不正，如此殷殷叮嚀。在不斷漏電的回家途中，我懷疑自己能否保持完美，有足夠的意志，不再偷偷駝背，並按時蓋章復健。每每回望夜裡發光的復健室，只願魂骨靈肉還能有那麼一點不服氣，不辜負此身和此生，那樣漫長的修煉與懺悔。日升月降，風來雲去，復健室終會被時間入侵，化為碎塊崩瓦，粉土塵沙。無盡的復健輪迴裡，我仍願意相信，那最初的毅力還在一階一階努力往上。儘管與之面對的是消瘦的骨肉，骨肉裡卻卯足全力，養育一顆強壯的心……

牙病

三月的口腔像一汪沼澤，生出苔蘚和嫩蕨，隨後有黏稠的蟲豸在齒縫蠕蠉；五月因頻繁的酸疼而難以正常咀嚼，下顎咬動貧乏，腐草荒蔓，拖著等著，到了六月，口腔終於爛成一座濕溽的熱帶雨林，響溢銀亮蟬聲，尖銳，細長，抽疼。

「這是什麼時候開始的？」當我質問自己，皺眉深思，卻迷不復得路。當下口腔濕臭腐敗，包裹一顆顆發疼的牙，像黏稠氣泡浮出泥漿，啵一聲爆裂。

小時乳齒頻頻搖晃時，父親欲徒手幫我拔除，他說：「閉上眼睛，憋氣！」然後左手撐開口腔，右手探入，來回撫摸乳牙根部；將拔除的剎那，我轉身逃開，雙唇緊閉像封死的蛤蜊，眼眶滾著淚水。晚飯時痛苦難言，有牙欲墜，後排臼齒似乎也遭蛀蝕，父親束手無策，帶我上牙科。我看著淺綠皮沙發坐滿病患，有人皺眉閉眼撐托下顎，有人魂不守舍痴望時鐘。我在小鐵凳上坐立難安，空氣裡滿是乳膠手套的氣味，診間唧咿唧咿的電鑽聲斷斷續續，一聲尖過一聲，我能想像躺在治療床上的那人，雙手潮濕握拳，指甲刺入掌心，只能用喉頭艱難發出乾澀的求救聲音，電鑽卻依然直搗粉紅神經深處，雙眼睜開，就是一片迴光返照的白。

當醫生喚起我的名，淒厲哭號頓如巨大電鑽，病人們紛紛抬頭，表情不悅，我抱著父親抽擤鼻涕，吵著回家。牙醫試圖安撫，我卻用力推開玻璃大門，也不管父親已繳了掛號費，轉頭狂奔。

後來那幾顆牙到底是怎麼消失的，我已忘了。記得的，只是那樣令人猶豫又焦慮的疼，彷彿從小陪我走到現在，突然又在夏天尖叫起來。以前蛀掉的牙穿著傳統的銀汞合金，張口便對外宣示己之殘缺，大笑時也毫不遮掩，彷彿自出生就等著朽壞。燠熱六月，牙齦腫脹，後排臼齒悶燒著，時靜時疼，捉摸不定，令人憤怒又喪氣。咀嚼高纖食物如空心菜梗，齒縫間的蟲豸竟突變進化，長出尖刺，摩擦裸露的牙根。於是那疼便真真實實從骨子裡冒出來，貫穿脊髓，漫開一身雞皮疙瘩，伴隨一陣陣咬牙的冷顫。

我帶著一座雨林上下課，讀書、考試、吃飯，忍著痛，像守著一個祕密。當眾人在飯桌開懷暢聊，我只能抿唇微笑，默默忍著被堅韌食物凌虐的苦楚，怕破壞了大夥歡樂氣氛。聽見冰塊撞擊玻璃杯的叮噹聲響，齒牙深處就竄起隱隱的酸；服務生端來焦硬的炸餅，左手便不禁撫摸頰腮，如此的反射動作已漸成常態。濕溽的雨林生機蓬勃，難以逆料，有時感覺一隻長猿攀著藤蔓，在齒間盪啊盪，扯開深深的刺麻；有時一群螻蟻低聲咬嚙，靜靜搬運牙齦贅肉，滲出絲絲鮮血。對此，我竟漸漸無知無覺。

生活中讓人猶豫至幾近自虐的時刻，不知和誰賭著氣，許是性格裡某種病態的偏執。當一切錯過最好的時機，開始衰頹腐敗，拯救的意志近乎薄弱，不斷忍著，等待本身似乎就成了希望。嬰兒用奶嘴磨蹭牙齦，慢慢露出參差純白的齒跡，然後安靜等著細菌入侵、覆染、蛀蝕，彷彿生命的隱喻。

漫長六月，我抵禦雨林的頑強與任性，看見自己在掙扎中示弱，在疼痛中自棄。復回嬰兒的潔淨無染何其困難，一顆牙是一則警告，在口腔裡鄭重地告訴我：儘管費時，噩夢終究會醒。有時在餐館看見老人裝上假牙，動作俐落，那滑溜的牙齦裡又埋藏怎樣的故事？或許有天，我也將擁有金牙銀牙，在老朽的口腔深處，以外表的燦爛宣示積累的歲月與煎熬。到時，看見孫子滿口爛牙，或許也能露出慈愛而理解的微笑。

郵差點名

午後在陽臺整理盆栽，天氣晴暖，布丁色的陽光軟而輕盈，陽臺生鏽的橫鐵杆晒得微溫，像一根根剛出爐的咖啡蛋捲。灰色公寓外麻雀嬉鬧，晒衣繩上衣物飄揚，安靜的小巷偶爾傳來鄰居家的電視聲響。

這樣普通閒適的下午，郵差總在三點左右騎摩托車噗噗而來，俐落熄了火，一邊抽疊著手中信件，一邊在公寓的紅色鐵門外大喊：「六號三樓掛號、八號四樓掛號……」有時直接隔空點名，那些陌生的名字紛紛尋找正確的耳朵，有人可能正裹被酣睡、有人看報、有人剪指甲；而此刻，他們都被呼喚，匆匆持著印章下樓，尋望郵差。我趿著藍白拖下樓領取包裹，看見鄰居，輕鬆寒暄幾句。大家都以最素樸的模樣，收下遠方的帳單、通知或禮物，每個人都有所託，也都輕輕地回應了世界。

郵差從遙遠的地方前來點名，寧靜的小巷頓時熱鬧起來。暫時放下手邊工作，為著未知的信件內容而小小期待。不論熟識或陌生，此刻的自己都被他人記得。拿著溫熱的郵件回歸個人作息，繼續幫九重葛修剪枝葉、為石蓮花換上陶盆。等一切處理完畢，再愉快地讀一封信。忙碌日子裡，有這樣一個平凡下午，郵差殷切呼喊、揿按門鈴，收信與閒聊之際，生活便有了安定的感覺。

太平洋上的兒歌

夜航的客機飛過太平洋，距離目的地華盛頓機場還有四個多小時。第一次坐長途飛機，屈縮窄仄座椅上，經絡循環皆不順；想看書，頭燈昏暗又怕影響他人睡眠；欲打發時間，個人化娛樂也只限於眼前那一方小小螢幕，最終還是得逼自己入睡。

彷彿睡著就能擺脫時差，我瞇眼看著螢幕上顯示的出發與抵達時間，暗自盤算現在身體進入怎樣的狀態。早晨已過，中午轉機，越過國際換日線後彷彿回到過去，飛機艙內一片闃暗，直到前座有人拉開塑殼窗戶才明白，原來天已濛濛亮。此刻我腦袋昏昏，四肢沉沉，心想睡意就要來了，欣喜之際，突然後座小孩開始嘶吼大哭，頻率音量之高讓機艙裡的旅客轉頭回望，通往夢境的航線亂流起伏。

那是一個金髮藍眼的小男孩，白胖的臉頰流滿淚水，母親輕拍他的背，但仍無法止住那逼耳的哭聲。旅客們又一一回到自己的夢境了，彷彿什麼都沒發生，他們看起來是那麼容易適應，暗就是夜晚，亮即是白天，而我還陷在時差的縫隙，身心俱疲。唉，也許那小男孩也跟我一樣吧，這麼小就要經歷睡眠與飛行的困擾，又也許是因惡夢驚醒，只能無能為力地嚎啕大哭。此刻一股莫名的同情湧上，那哭聲裡傳達出的情感竟跟我如此相似。

我起身到廁所洗臉，發現那母親抱著他在廁所前的走道上徘徊，哼一首好聽的外國兒歌，輕輕柔柔，像機艙外熹微的晨光。我想，那母親應該更為疲倦，不但要忍受長途飛行的窒悶與不適，還得哄著哭鬧難眠的孩子。在廣袤寧靜的太平洋上，一個小孩的哭聲被包裹在飛機艙裡，沿著航道而行，那小孩有所謂的目的地嗎？他只能表達自己最真實的感受，而母親用那不分國界時空的母愛包容孩子，溫柔地低聲哼唱。漸漸地，小男孩不哭了，飛機裡又是一片安靜，只剩引擎細碎的運轉聲。我悄悄回座，聽著後方隱約傳來的旋律，彷彿我也像個孩子，在母親的懷裡安穩地睡著了。

時間的流向

今日晏起，家中空蕩闃靜，我打開冰箱，只剩昨夜的一碗地瓜稀飯，索性加熱食畢。陽光慵懶，我倒臥客廳沙發，打開電視任其喧嘩。也許是夢境意識到自己壽命將盡，再度逼我陷入睡眠，下意識我卻想逃離那逼真的殘垣廢墟。無法清楚言說的那些，往往都出現在夢裡。

寤寐昏沉之際，天地間一片渾沌未明，像宇宙初始，所有雜塵碎粒緩慢旋轉，逐次確認自己的位置。此刻的感覺最為真實，也最令人畏懼。日復一日單調的生活裡，時間流過整齊劃一的河道，從早到晚，毫無停歇；然而總有些細小的支流被刻意遺忘，逐漸乾涸，裸露枯黃崎嶇的片段，撕開裂痕，在內心深處拉扯出一陣陣刺痛。

世界是一場繁複的解謎遊戲，過程中，我練習諒解與同情，看見別人像看見自己，卻只能徒勞地辨認虛幻的重層疊影。當我們以平凡為依歸，以為一切都結束的時候，時間仍然安靜流動。一旦它流過被刻意掩埋的祕密，那些浮泛的悲喜即被沖刷，夾帶泥沙，然後在我們最無防備時，偷偷流過彼此的臉頰。

開門

近來幾週，常有人誤按門鈴。拿起對講機，聽見微弱顫抖的臺語：「是我啦！幫我開門一下……」從陽臺往下探，只見隔壁二樓的老阿伯一人拄著拐杖，呆立在紅色鐵門外。

我幫他開了門就回房去，也沒多想。母親在晚餐時跟我說，最近隔壁阿伯常按門鈴，你要小心，別讓他進來家裡。過幾天，門鈴又響，我看對講機顯示樓下鐵門已是開啟狀態，再按了一次，跟阿伯說：「我幫你開了喔！」這回我在樓梯間等著，卻不見阿伯上來。

雖從小就是鄰居，我們卻少有交集。阿伯佝僂著背，印象中早已模糊的臉，如今皮肉下垂、老斑點點，就像路上會遇見的普通老人，懂得尊敬禮讓，但終究陌生。

我相信阿伯不是壞人。他聽不見門鈴聲，可能也忘記該開啟哪一扇門。有時家中門鈴響起，我開門，撞見阿伯一臉呆楞，霧濛的眼神流露歉意與羞愧，轉身，繼續艱難地把鑰匙插進鎖孔。我看他一步一步，緩慢踱進家門，不忘對我輕輕揮手，像在說抱歉。我笑笑說沒關係，不願他再次意識到自己的遺忘，不願他因此自責。阿伯終究認得，為他開門的不是孫子，是一個已經長大的陌生人。

我扶阿伯上樓，鑰匙在他腰間匡啷啷響。窄仄樓梯間，陽光透進小窗，停在記憶的門外。那扇門不會永遠開啟，對阿伯來說，它可能已慢慢關閉，一些熟悉的氣味和聲音，只能從門縫一點一點流出來，旋即被時間吹散。也許，當我很老很老的時候，也會忘記如何打開家門。我可能會按錯鄰居的門鈴，帶給他們一些麻煩。但請別罵我，我不需要鑰匙，我只會茫然地等。我等一個懂我的人。

廁間習字

小二某個早晨，到校準備交作業，當大夥把國語生字本打開疊好，才發現自己漏抄了聯絡簿——三頁的國字練習一片空白。

我的國字作業幾乎都拿「甲上上」，在粉紅虛線方框裡，一撇一捺沿著筆順，工整臨摹楷書。只是當下一驚，腦袋冷涼空白，趁班導還沒來，我把生字簿偷偷用短褲頭的鬆緊帶夾著，拉下運動服蓋住，假裝鎮定，溜到男廁把門鎖上。

陰暗潮濕、尿騷味撲鼻的密閉廁間，生字簿攤在冰冷磁磚牆，食指顫抖，膀胱瘙癢，我知道，再過五分鐘，就要被發現。

快、快，廁所外的世界高速旋轉，打開門後的許多日子，我寫下更多字，面臨更多條死線。已不在國小廁所裡的我，仍記得有個早晨，跟自己過不去的小男孩，驚慌慚愧，像永遠躲在那裡，貼著牆，振筆疾書告訴我：現在還不是認輸的時候。

街頭藝人

週末下午慵懶散漫，在房間來回踱步，無心翻閱桌上書本，躺回被裡太陽穴又隱隱發疼，輾轉難眠。我知曉這份慵懶乃文明的焦躁所造成，說慵懶似乎愜適了些，實際上一身怠惰疲倦，美好假日，心神仍繫著種種待辦瑣事，身體卻老實告訴你它累，它煩，左顧右盼，自言自語，精神恍惚渙散。

每逢如此情緒來襲，我常買杯咖啡出門亂走。走出窗帘遮蔽的陰暗房間，戶外明亮刺眼，男孩半裸上身抽菸遛狗，阿嬤拖著菜籃繞進小巷，計程車司機在路邊彎身洗車。世界依然運轉，捷運出口人潮來往，我又看到那樓梯轉角，一個老阿公頭戴一圈銀色亮片，手執鈴鼓，一邊吹口琴一邊敲拍大腿，手舞足蹈，頗為自得其樂。

我坐在對面的矮階發呆，旅客們嗶卡進進出出，眼前的列車進站時刻表跳了又跳，紅色數字催促人們腳步，老阿公卻在自創的音樂裡原地跳舞，看得我恍恍出神。我不只一次在這裡看見他，卻忘了那些曾經的擦身而過，心裡究竟仍惦記著世俗的什麼。此刻冬陽明暖，我遠遠望著，他身後有一臺小音響，地上放了奶粉罐投錢筒，人來人往，沒有人駐足停留。或許他應該重新選個位置，四周要熱鬧空曠，若有臺階或椅子更好。

前些時候，在東區地下街遇見一位盲人演唱者。一頭褐黑長髮配戴方框墨鏡，面型粗獷，聲音卻無比溫柔。放眼望去，身旁只有少數幾人或站或坐，眼神飄飄然如有欲睡之態；前方外籍看護輕鬆閒聊，兩個老人面無表情，沉默陷坐在黑色輪椅裡。他唱電影《鐵達尼號》主題曲，一艘船滿載眾生，交織愛恨牽絆，蘿絲與傑克在茫茫人海看見彼此，載浮載沉，隨著旋律穿越時空來到城市地底，等待有緣的旅人打撈上岸，延續情思愛念在這滾滾紅塵……

遇見街頭藝人是緣分，他們是計畫表外的驚喜，無機心的幸運。幾年前在紐約街頭遇見變身中的自由女神，我在轉角斑馬線偷看，一個小男孩蹲著，眼睛睜得雪亮，不時用雙手摀住驚訝的小嘴巴。身後綠燈亮了幾次我不曉得，只記得時間停在那裡，慢慢凝聚，直到那架彩色風車轉出了風，轉動輪胎和城市，才想起自己原來在行走……

走走停停，動靜相續，我們依然籠罩在城市巨大的隱喻之中。一個目的對應一個原因，一道謎題只有唯一的謎底。為了清楚明白，我們嘗試尋找捷徑，卻隱隱發覺，令人倦怠的並非錯誤的結果，而是自信地知道目標在前方，慢慢接近，就要抵達，卻不再感覺期待。

我想起電影《聽說》裡的林秧秧，在信義商圈當一位雕像街頭藝人，黃天闊藉著手語表達關心，秧秧卻眼神僵滯，不為所動。秧秧的專業讓天闊心急，因為「未知」，一切朦朧幽微，這樣的接近充滿魅力，不曉得對方心意，也不知想像是否實現或落空，於是就美了。也像《愛在黎明破曉時》的Jesse和Celine，兩人漫步在夜晚的維也納河畔，遇見一位靠寫詩謀生的流浪詩人；是這樣不經意的剎那，兩人發現彼此微妙的「不對拍」，先前的開懷暢談因一首由「奶昔」寫成的詩岔出尷尬，看得人目眩心癢。

可遇不可求，那是真趣味。趣在緣分，趣在巧，趣在無心感受偶遇的種種幻化和隱喻，執著不執著，似乎都無關緊要了。就像眼前這位自得其樂的老阿公，在花俏的舞蹈和脆響的鈴片之後，竟悠悠拉起小提琴，閉上眼，左搖右擺，深情款款唱起《雙人枕頭》。剛剛還暗自替他盤算如何吸引更多觀眾、如何找個更有錢潮的位置，也是市儈庸俗了。因心緒煩亂而出來散步的恍惚下午，捷運站出口依然旅客匆匆。在那樣纏綿繾綣的歌聲裡，有溫暖的陽光和空氣。幸運的此刻，有一瞬感覺，那些仍在等待的人事物，來或不來，都好。

輻射飛椅的祕密

早晨，捷運行駛城市上空，託運一廂又一廂混合了咖啡因與朦朧睡意的臺北人，前往每日固定的出入口。潔淨車窗外，基隆河面閃著細碎的銀白波光，小小車輛在中山高速公路上交錯移動。穿越暗黑橋底，經過參差不齊的公寓，先看見兒童樂園的彩色摩天輪，接著是縮小的舞龍座、咖啡杯、碰碰車……我已習慣這樣的捷運風景，或晴或雨，晨間城市不曾一刻歇息。

是那樣深長而專注的凝視，彷彿整座兒童樂園漸漸與時間脫軌。從高處望去，一群身著粉藍運動服，頭戴小黃帽的小朋友們排著隊，等待眼前高低旋轉、上下擺盪的輻射飛椅。巨大基座從中央伸出金屬環鏈，每張飛椅上都放了一個孩子，或女或男，輻射般，無聲地旋轉。我看不見他們的表情，卻在這短暫的視線裡，感受到一種久違、親切卻悲哀的速度，正緩緩磨蝕即將進入隧道的思緒。

那想必是他們期待已久的日子，牽手買票、喝水，嚼蘋果麵包，奔向刺激的可能。然而，從這樣的高度與密閉空間看去，他們竟像是被無辜置放在一張張懸空的椅子裡，讓大型機器消耗溫暖早晨……

風雲倒帶，光影迷離，移動的城市移動的我，也曾在那小小的飛椅裡，被一雙遙遠而晦暗的眼睛凝視過嗎？因為空間的相隔，無法聽見孩子的笑聲；然而在時間堆累的距離中，我卻開始懷疑、多慮，生識而失真，指笑為淚，見樂為悲。輻射飛椅像不斷發散的思惟，因旋繞擺盪而難以理清每一條原初的意念。它可能承載著愉悅與期待，也可能在某時刻脫離中心，結開鍊斷……

因為無法覺察自己的高度，因為密閉，所以看不見美麗的視野，聽不見快樂的聲音。而究竟是什麼，讓我們執著所求，無視當下？願意承受痛苦，脫隊前往一個孤獨的地方？想遇到的，都被遇走了；不想遇到的，卻紛紛迎面而來。於是開始原地旋轉，累了，暈了，卻依然不讓自己暫停，只為尋找一個從「我」出發的空無答案。

生活於是有了操磨，有了他人觀看自己捲入漩渦，無聲且接近窒息。我們在煩悶與無奈中擦撞、隱忍、妥協，離開真實地面，在半空旋轉來回，一圈、兩圈、三圈，倦怠而無感，無法提早離開。

我曾想像，有一天輻射飛椅發現旋轉的「動力」並非源於假我肉身，停止了，收斂了，在無雜質的真空狀態裡，那些飛椅上的孩子們沿著切線飛了出去，卻也在瞬間學會了真正的飛行。懷抱喜悅，靠自己，在一個需要他的地方，思考如何讓更多人從自造的輻射飛椅上下來，腳踏實地，還可以拿著票，自在地奔向下一個遊樂設施……

那將不是大人的樂園。我想，這是童年那座輻射飛椅悄悄隱藏的善意。一直要到十多年後，一節行進中的捷運車廂裡，才忍心讓我帶走的，關於活著的祕密。

輯六——

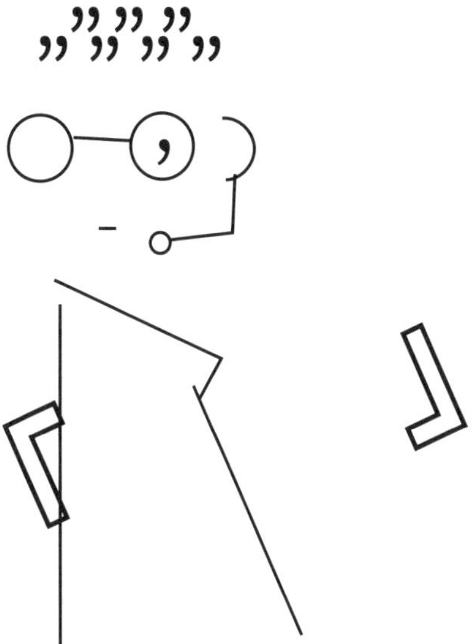

國文老師新上路

偉大的迷路

1

應是高一下學期，在那霉味與書味混雜的科學館地下室，紅樓詩社的鐵灰凹陷書櫃中，撈出楊牧《一首詩的完成》。泛黃蜷曲的頁緣、水漬暈開的時間之圈、紅筆黑筆畫記的長句與生難詞彙……是這樣與多位文學少年相互凝視的一本書，打開了地下室的湛藍天空，喚來飛鳥與流雲。

在十八篇「給青年詩人的信」中，楊牧暢談詩的定義與形式，從大自然、歷史意識到現代文學、外國文學，亦深入討論詩本身的建構，如意象、主題、音樂性等。最後提及真實與虛假的兩面生活，娓娓道來自身在文學世界的所知所感。

楊牧說：「一個有勇氣屏棄現實利害，一個有知無欲、積極思考抽象事物，並在其中尋找美和智，一個能夠充分使用他的想像力以詮釋客觀世界的人，不能說是一個沒有目標的人。」我想起以前母親對我說，書要好好念，以後在社會上才能做個有用的人。高二的我倚著走廊矮牆望向天空：如果我讀中文系、讀詩寫詩，能成為社會上有用的人嗎？

「我不但不必為你憂慮，我甚至應該為你高興。詩是宇宙間最令人執著，最值得我們以全部的意志去投入，追求，創造的藝術。它看似無形虛幻，卻又雷霆萬鈞；它脆弱而剛強，瞬息而永恆；它似乎是沒有目的的，游離於社會價值以外，漂浮於人間徵逐之外，但它尖銳如冷風之劍，往往落實在耳聞目睹的悲歡當下，澄清佹偽的謊言，力斬末流的巧辯，了斷一切愚昧枝節。」詩人們努力詮釋世界，跳脫表象，探入核心，賦予生活深層意義與價值。楊牧說這是值得高興的事。只是在蒙昧的青春期談人生短暫，藝術永恆，似乎又過於空泛而理想化。青春是一條孤獨搖晃的繩索，在課業與夢想間擺盪。

寫詩的人通常胸懷抱負，也懷著落寞與憂愁。楊牧在開篇〈抱負〉一文中，以慈藹的師者姿態，懇切的同理與鼓舞，細細道出文學之於人生的美善意義。「即使作品內容是譴責控訴，他所展開的是人性之善；即使作品的技巧迂迴於隱喻和炫耀的意象之中，他所鼓吹的是真。」這是詩的內在質地，沉靜而雋永，纖細而體貼；儘管外在喧擾紛亂，狡詐欺瞞，我仍期待乘著文字穿越幻影流光，前往一個透明的詩的國度……

2

捧著建中紅樓文學獎新詩首獎獎盃，喜孜孜衝過穿堂，高牆上那鏽黃的兩句刻字「今日我以建中為榮，明日建中以我為榮」瞬間綻放金光。那是無人知曉的夢幻時刻：高一到高三，剛好按著三、二、一名的順序連得三屆新詩獎。在胸口別上紅花，別上青春的衝勁與驕傲，畢業在即，我有美好的未來要闖蕩。

這份渴望被看見的少年情懷，我想楊照學長一定明白。高三那年，國文老師送我一本包著封膜、封面草綠的《迷路的詩》。那時也沒認真去看，草草翻過就收進書櫃。是多年後重讀，驀地喚回青春的躁動與音響：教室後方鐵置物櫃碰碰碰的撞擊聲、下課時籃球彈地而起的譁然喧囂、強風翻掀課桌上的橘紅菜單與考卷……

在這樣日常吵鬧的高中場景裡，有個男孩坐在位子上，俯首面對一本詩集，陷入沉思。他對世界懷抱著狂想與愛，對女孩Y眷戀痴迷，關心公理正義的問題甚於美學與音韻。那是青春楊照的剪影，對天地有著神祕的敬畏：「該怎麼說呢？我在那一刻看穿了詩與詩人的荒蕪本質……」在某些瞬間我想我是懂他的，左斜前方那埋藏心中暗戀未果的悸動、夜自習後獨自走上濕冷的南海路天橋、在金石堂書櫃前對著一行朦朧的句子恍神發楞……

楊照在十六歲時加入建青社，狠狠地被詩吸引，他描述那是種恐怖的魔力，「感官霎時在夢與現實、即下與過往間莫名所以地穿梭跳盪，整個世界彷彿要在重重的弔詭中迸裂爆炸。」狂飆與萎靡，初熟與稚氣，《迷路的詩》捕捉了楊照建中時期斑斕錯雜的青春光影，尤其集中在編校刊、讀詩寫詩、愛情哲學、關注社會議題等面向。我總佩服他過人的記憶力，以及對年少自我的坦承與接納。青春男孩有著過人的破壞力，破壞門鎖、破壞課桌椅、破壞成人世界的教條規律、破壞那反覆重建卻始終迷惘孤獨的自己。當下無法用十七歲的言語表述的幽微心情，修辭與字彙亦遙遠難觸，卻能靠著多年後對青春執迷的虔敬，對友朋深摯的感念與懺悔，一一被召喚回神而於書中開枝散葉，攀纏蔓衍成一座常綠的生猛雨林。

在我高三那年，〈馬賽克尋人啟事〉獲得第八屆台積電青年學生文學獎新詩三獎。那是一首憂愁無奈、尋找自我的拙作。當年我在得獎感言中即引用楊照《迷路的詩》：「詩總給我一種在幾個被神祕切開的世界中逡巡找不到出路的恐慌，一種迷路的感覺。」如今為人師，回想年少點滴，那無法喘息的長句、尋人尋路的徬徨焦慮，正是青春永恆的印記——不能被找到的人，不能被完成的詩，迷路是青春最美麗的康莊大道。

國文課二三事

1

記得國一上第一次段考後，班導向我借國文課本。她站上講臺，打開某篇課文，指著用各種色筆寫滿翻譯和修辭的段落，要大家以我為模範。我清楚記得那悶熱的下午，汗濕了背，電風扇積塵在頭上旋轉，嗡嗡嗡，像班導殷切的叮嚀迴繞耳際，我端坐在位，不敢四處張望。那時是自滿或心慌已不記得了，如今想起，只感覺班上三十幾雙目光穿越時空依然在心裡凝視著我，凝視那被高高舉起的國文課本，無語發問：這就是「好學生」？

這樣的檢視總是後設。回到當時座位上，我根本沒有質疑或提問的勇氣。老師說，我就做。老師寫，我就抄。多色螢光筆是努力的痕跡，紛亂的重點是認真的證據。由上而下、同儕之間彼此形構與鞏固的升學主義思維，像一個透明玻璃罩，給我安全，卻隔絕了自由。

國高中時期，我常參加校內外各種寫作比賽。這樣的經驗可回溯至國小四年級，一次代表班上參加全年級作文比賽的記憶。那或許是個起始點，當鈴聲響起，校史室內每個小朋友翻開題目卷，握著鉛筆沙沙沙寫了起來。參賽者必須依題幹說明自訂題目，不知為何，我腦中閃現「逛夜市」三個字。深呼吸，在五分鐘內快速召喚光影和氣味，描繪出夜市中幾個印象深刻的場景。

我永遠記得對面綁馬尾的女孩下筆如有神，一行飆完一行，在眾人埋頭苦寫時又拿了第二張稿紙。說也奇怪，第一次參加作文比賽理當坐立難安，雖自認強敵環伺，手上的鉛筆卻著了魔一般，用自己的意志在稿紙上行走。撇捺之間，我彷彿聽見射氣球精準的爆破聲、賣玩具嘿嘿喲的殷勤吆喝；我聞到臭豆腐衝鼻的油膩酥香、花生湯甜暖暖蜜滋滋的氤氳熱氣；我能感覺撈魚時冰涼迴旋的池水，還有牽起母親厚實手掌散步回家的愉悅滿足。細思落筆之際，腦海中的夜市印象慢慢鮮明立體，直到鈴聲再次響起……

後來我得了第一名。那次的經驗告訴我，能寫自己的故事真是太快樂了。那篇作文被老師貼在黑板右方，看著一群同學上前圍觀，說沒有成就感是騙人的。當我發覺有能力可以向別人訴說，可以順著情感再現記憶的輪廓，這可能是比事件本身更為美妙的事。

2

若寫作是一種詮釋、再現「我」與世界的方法，回到國文課本，我們又該如何進入、如何詮釋古今作者們的筆下世界？這不啻是個大哉問。首先，我們或許想問的是，為什麼我要讀這些文章？

除了認識生難字詞、篇章結構、修辭手法、文體文風之外，我和這些文本的連結是什麼？闔上課本之後，我能在生活中獲得什麼啟示？這的確是非常現實的問題，卻往往被過度強調考試的升學時代所忽視。在此我無意分析文學的精神或實用等命題，我想問的是，若每篇課文都是作者獨特的生命經驗，也因歷年來課程小組多次研議而被選入（因而鞏固其經典地位），為何我們有時仍會感覺枯燥乏味？若國文老師只重述課文的作者與題解，或直接闡明文章主旨，破了梗爆了雷，彷彿就掠奪了學生在自主閱讀行動中的諸多遐想與樂趣。

當然，基本的字詞解釋與文意判讀乃是理解文章的路徑之一，只是目前因授課節數限制，對於文本中細膩的「人」的感受，以及延伸、連結到現代個體經驗的多元思辯，往往難以深入討論。但文學最重要的不就是「溝通」嗎？與作者溝通、與讀者溝通，與自身所處的這個世界溝通。沒有沉澱思索、相互討論的機會，也就難以從單一文本激盪出各種聲音，詮釋的可能也就在不知不覺中被限縮、固定了。

我認為，好的國文課應是在基礎的閱讀理解上，透過教師細緻鑑賞文本的能力，引導同學思考，為何作者要寫這篇文章？其主題意識、寫作方法與背後隱藏的情意為何？這篇課文好在哪裡？不好在哪裡？教師又能否援引相關現代經驗，讓我知道在當前的臺灣讀這些課文，對於十年、二十年後的我，有什麼幫助或啟發（不論是抽象或具體層面）？

這聽來的確是個頗大的理想，在現實面上，考試領導教學的風氣仍盛，學生要讀的科目太多了，加上社團、補習、戀愛、家庭、各種人際關係……要再撥出時間給文學，似乎不容易。但我依然相信，透過閱讀、討論與反思，國文課仍可作為一個探視自我、觀照世界的培養皿，讓天馬行空的靈光在此匯集，開放更多意見交流的機會。教師與學生一起透過文本深入重重表象，挖掘出同情共感卻又彼此殊異的生命內蘊。

我心目中「理想的」國文課，是透過有效而深入的閱讀與聯想，讓我私密地感知、攫捕些許靈光，在當下或未來的某一瞬間，照亮自身存在的意義。那可能是與課文作者某種情緒的幽微聯繫，可能是老師詮釋文章時的一句話，或是和同學瞎扯亂聊的意外收穫……而一切意義的關聯都指向「我」。如同波蘭女詩人辛波絲卡在一九九六年諾貝爾文學獎致辭中說：「『令人驚異』是暗藏邏輯陷阱的形容詞。畢竟，令我們驚訝的事物背離了某些舉世公認的常模，背離了我們習已為常的明顯概念。而問題是：此類顯而易見的世界並不存在。我們的訝異不假外求，並非建立在與其他事物的比較上。」

除了以文字複刻生活、留存情感，我認為文學更重要的使命，是帶領寫作者或閱讀者進入一種早已存有但未經發現的祕密空間，類似探險，或更精準地說：回歸。在那裡，我們看見因「人」而誕生的豐富故事；在故事裡，我們學會同情與悲憫，找回人性的尊嚴與自省的勇氣。

3

若回到教學現場，教師勢必面臨諸多實務上的困境。趕課壓力、家長聲音、學生程度、教學評鑑、行政瑣務……似乎每個老師都要有強大的熱誠與魄力，才能在體制中摸索出一套因應方式。回想自己過往的教學經驗，我會依教學目標彈性設計問題，讓學生彼此討論，透過參與式學習，增加主動探索知識的機會；或就課文延伸相關當代議題，各自蒐集文本，提出論點展開論辯；小考時，也給學生相互出題的機會，甚至和他們一起寫作文……

上學期在臺大教程修了一門「課程發展與設計」，在正式實習前，和小組同學到建中試教一堂課。在紀弦〈狼之獨步〉與現代派相關知識的背景上，我們補充了〈火葬〉、〈七與六〉、〈阿富羅底之死〉三首詩，與同學一起分析、思考文本的創作手法與詩意所在。最後請同學分組討論，模仿這三首詩的核心技巧，加以應用，共同激盪、創作出另一首小詩。我們只給了簡單的線索：〈阿富羅底之死〉用圖像表現可被分割的美的元素、〈七與六〉從數字外觀發想詩意、〈火葬〉

則用一種比喻客觀地詮釋死亡。在講解與說明後，同學們的即席創作令人眼睛一亮。小組發表作品時，除了說明創作主題與內涵，也必須解釋詩作技巧如何呼應課堂學到的現代派特色。若以實際創作成果與發表作為評量方式，亦為活潑可行的辦法。

因應一〇八課綱即將上路，未來高中端將開設多種特色課程。國文科教師可依自身專業釋出更多課程選擇，如古今作家主題文選、學術論文寫作、廣告文案專題、跨域文章閱讀理解、現代詩／散文／小說閱讀與創作，甚至跨科合作研發各類創意課程……一方面擴充國文課內容，一方面或也能銜接大學端的相關科目。

在這知識竄流滿溢的時代，學生查找資料的能力不亞於老師。如何在龐大的資料中篩選、組織，進而用通順的文字與口語表達，培養獨立思考的能力，將是未來國文課需重視的焦點。透過文本分析與推理，我們不只能獲得感性的共鳴，亦能訓練批判與質疑的眼光。面對國文課本，學生或許會再問的是：我可以多看一些這時空、這塊土地上的文學作品嗎？或是更多與我年齡相仿的作者的文章？而國文老師可再和學生一起討論思考：什麼是詮釋？為什麼要詮釋？如何詮釋？要詮釋到怎樣的程度？

我想起國小初次參加作文比賽的自己，未受過什麼厲害的寫作訓練，只是抱著一顆純真且躍躍欲試的心，誠實寫下種種感官經驗與體會，彷彿就在重新詮釋「我」所存在的這個世界。我期待文學能帶領我到達的地方，是一次次使我重新認識自己、照亮自己的地方。「人生不是過程和結局，人生是一場僵局。」在僵局裡，一切移動的物體都像是墨條在硯臺上無力地游移。然而在游移的過程中，我們不就儲備了書寫的墨水與材料嗎？除了寫作，閱讀能力、情意陶冶、批判思考的養成亦不容忽視。好學生絕不只是被動的知識接收者，也無法用筆記的多寡來衡量，那樣的「好」顯得太過僵板和順服。做一個能讓學生有學習成就感的「好」老師，我想，可能要有一點勇氣，從練習當「不好」的學生開始。

國文老師新上路

「老師！你看我練的新招哇哈哈！」

敝班地板特別乾淨，因地板社和街舞社每日都在其上翻滾跳躍。這些好動的男孩，正用他們發育中的身體綻放光芒。自認仍青春的我，還是難以想像直接用頭倒立旋轉的街舞「大招」。孩子不介意疼痛脫皮，只是偶爾會白目翻到走廊女兒牆和樓梯間，讓我緊張板起臉：這裡是二樓，請到司令臺練習。

這是導師日常，一顆心很難放下。在孩子飆汗、飛旋躍動的肢體中，我想起去年初夏戰況激烈的全國教師甄試，考生也是如此火力全開。那樣熾熱渴望被看見、成為一名教育工作者的夢想，每每想起就令我心跳怦然。

新竹高中綠意環繞，十八尖山腳下，男孩們是另一群奔竄飛跳的小樹，生機勃發，思想的根系盤繞擴張，向上伸展青春的筋肉與善感的芽芯。我總期待每日與孩子們談論文學的美好時光，聽他們的瘋笑狂語、沉思哀愁，從中感受心靈的曲折與遼闊。

與高一孩子聊到〈支公好鶴〉一則，當支遁豢養的鶴羽翼豐滿，張翅欲飛，支遁卻因不捨而剪除鶴羽。鶴回視其羽，垂頭喪氣，支遁見之不忍，化占有為成全，重新照料後放其飛去，人與鶴兩相自由。關於親密關係種種，學生說我懂啊，但很難做到。原以為學生是套入支公角色，殊不知他們感覺自己像鶴：「爸媽不讓我飛，還剪我羽毛！」一陣笑鬧後，我在臺上驀地感到一股沉重壓力，那是多數青春期孩子此刻面臨的溝通困境：課業、社團、戀愛、自主學習、選組選科系……能順從己意並不容易。而導師卡在中間，既心疼又無奈。在這環環相扣、錯綜複雜的教育體制中，儘管新課綱於去年正式上路，多元新穎的升學方式百花齊放，第一屆導師如千手觀音般疲累接招，孩子的週記裡仍常見茫然與無力感。安慰之餘，也體認到愛與教育之艱難。

學習不免痛苦，但我們有權利快樂。與孩子們討論理查．費曼的科普訪談稿〈發現事理的樂趣〉，正值秋陽煦暖，涼風清新，在教室裡上課太可惜，遂帶孩子到教室外的小森林自學。本課強調生活的具體觀察與發現的行動力，我製作一張簡單的討論題目單，將重點濃縮成數道問答，讓孩子們各自找尋喜愛的角落，或坐或滾或躺，透過自學與同儕討論，完成第一階段的課文閱讀理解。再來要活用課文談及的概念，發現竹中之美並與同學們分享。我記得那天下午的樹影與陽光，一群男孩圍圈盤坐或三五閒晃，興奮地發現蚱蜢、青蛙、蟬殼與蛇蛻……

高一時，我最喜歡陶淵明〈桃花源記〉。作為一切透明無染的「初心」隱喻，在當了老師後，總覺教育也是前往一座美麗的桃花源。教育者如漁人，年復一年擺渡學子至彼岸。一路所見，可能不是中無雜樹，芳草鮮美的桃花小徑；而是廚餘考卷、引頸圍觀的手遊對決。漁人還能持續看見光嗎？我如此相信，在進入桃花源前，漁人所見，正是他自然純淨、真誠忘機的心境投射。或許永遠不要進入洞裡，沿路欣賞落英繽紛，捨船漫步，我們已然身處在有光的幸福中。

在各類文本的學習上，我希望加入更多連結當代議題的思辨機會，以及延伸閱讀、寫作能力的培養與訓練。我常跟孩子們說，如果十年、二十年後的你回想高中時光，會希望在國文課上學到什麼？我希望能透過經典文本的提問與討論，讓孩子們擁有學習遷移的能力，並提升未來自主學習的興趣。而國文科的專業之一，即是對於文本（text）的分析與鑑賞能力。從紙上文本到更巨大的生活文本，透過細緻地解讀、尋思與體會，其實也是學習如何成為一位成熟細膩、通情達理的現代公民。我期望孩子們培養公德心與同理心，在青春的喃喃囈語外，也能重視群己關係、開展關懷社會的溫暖視野。

在緊湊的授課進度中，我仍試著連結課文，和孩子們一同欣賞《大紅燈籠高高掛》、《屍速列車》、《駭人怪物》、《藍色大門》……孟克柔與張士豪在活動中心吶喊，繞游泳池、騎腳踏車，在青春場景播放青春電影，一同感受青澀的迷惘與騷動，無法用十六歲的言語精準表達的喜歡與討厭，多麼珍貴。

「留下什麼，我們就變成什麼樣的大人。雖然我閉著眼睛，也看不見自己，但我卻可以看見你。」我在講臺看著孩子，孩子看向投影幕，兩位主角在銀幕裡賣力往前騎。期末回饋中，學生說我像爸爸，像哥哥，也像未成熟的、和我們一樣的少年。那是臺上臺下十六歲，意外相遇的魔幻時刻：這些才華洋溢、純真率直的男孩，在十年、二十年之後，會變成什麼樣的大人呢？

求聲記之一

考上正式教師後，聲音像被細白的粉筆灰覆蓋，乾澀粗啞，喉嚨是一口缺水的深井，在溽暑迴盪著稀薄的蟬嘶。

照了三週內視鏡，左瓣聲帶囊腫仍未消，醫生請我轉院進行類固醇注射手術。朋友們都頗驚訝：才第一年當老師！但教甄是艱難的一役，為了把握複試上臺十五分鐘，說學逗唱，走跳表演，都是聲音的技藝。

醫生從鼻腔噴入苦澀麻藥，吸氣，吐氣，吸氣……接著拉出舌頭，倒入更大劑量麻藥，吞下，再來。我不斷反射性嘔吐，咳得診療室隆隆作響。喉結處開始有異物感，如黏附山頭的一塊烏雲苦痰。接著醫生把診間的燈都熄滅，要我雙腳併攏，放鬆，冰涼內視鏡再度從鼻腔深入，下滑，經過粉肉色呼吸道，看見兩瓣嫩白色聲帶隱藏咽喉深處，一側腫起，布滿血絲。啊，宇宙中兩瓣疲勞的V字型肌肉，像開開關關鏽蝕鬆脫的聲音之門，語詞衝湧堆擠門後，跌倒撲撞成無意義的深咳。一根銀細長針在暗室裡刺穿喉結，扎破皮肉筋膜，深入再深入，終於插進聲帶，注入藥液。此刻我想著學生，毫無畏懼。

失語的日子，我像一隻失去聲波感應的蝙蝠，在白日夢裡恍惚飛行。陽光熱燙刺眼，我在新的居所遊蕩，無聲描摹夢想的地圖，自我的形狀。

求聲記之二

聲帶手術後一個月，我報名新竹馬偕醫院一連串的語言治療。每週二下午，獨自進入狹仄診間，與語言治療師對坐。閒談之際，瞥見表單上的聲音異常、構音異常、嗓音障礙、語言發展遲緩、口吃……這個被奇音怪語填充的小房間，多少患者失去一般溝通的能力，字句解體成撇捺，對話退化成呢喃，彷彿躺回兒時無知的搖籃。

拿起麥克風，念出姓名，今天日期，地址，從一數到十，再發出「ㄚ」的長音。治療師耳朵敏銳，總能聽出不良聲線的破綻。她要我平穩呼吸，腹部鼓起，再發出sss，ssss，zzz，zzzz，巴巴巴，媽媽媽——感受腹部的收與放。再來是頓點的「噗嚕、噗嚕、噗嚕」，拉長音「噗嚕噗嚕噗嚕嗚——」，彷彿咒語，對未來召喚意義的共鳴。接著是非語文材料練習，順口溜一般：媽媽罵妹妹，媽媽笑咪咪，母貓摸小貓，妹妹沒煩惱……滿頭大汗，猛龍過江，廟口紅茶，孟母三遷，瞞天過海，夢中情人……

寫詩如我，總在發聲念誦時忍不住去想，為什麼是這個詞？材料的銜接之間又有什麼詩意？聽說之間，有時被自己逗笑，果然是外行人啊。療程的上一位患者是身披褐色僧衣的比丘尼，每每在診間外等候，我常望著那扇門。不知道比丘尼面對紅塵聲語，咿呀默誦，有什麼獨特的體悟呢？

師生合作拼一拼：拼圖論語，拼貼現代詩

一、拼圖論語，跑組學習

準備進入「論語選」的前一堂課，我將相關背景知識整合成兩張講義，共分為三部分：論語的時代背景、孔子生平與成就、孔子對後世的影響與現代價值。每部分篇幅相當，各約一千兩百字。

我採用分組合作學習中的「拼圖法第二代」（Jigsaw II），稍加修改，將全班分為六組，三組三組為一個獨立系統。首先，每位組員在自己的「專家小組」中先讀負責的段落，第一組只先讀第一部分，第二組只讀第二部分，第三組只讀第三部分。讀後小組討論，共同想出三個你待會一定要教的問題。接著依黑板上的路線跑組，巡迴一對一教導對面的同學，讓他理解此段內容，再拋出方才專家小組共同設想的三個問題，以確認學習成效。

如此循環三次，每次約七分鐘。每位同學都會被不同組的兩位同學教導，加上自學的段落，共同拼成了論語與孔子的相關背景概念。教師可再設計小考後測，或用手機 kahoot 遊戲將題目投

影出來，全班共同進行學習驗收。

「拼圖法第二代」原始操作順序可歸納如下：

1.分配學生到各小組。2.在小組內分配每位同學一項專家主題。3.至專家小組討論，並精熟討論主題。4.回到原小組，報告自己研究的主題。5.進行小考，並將個人得分，轉化為小組得分。6.個人和團體表揚。

「拼圖法」的好處在於「跑組研究」，每位同學皆被賦予任務（彷彿一塊拼圖要尋找另一塊），有共同的專家小組先討論且深化學習內容，再帶著討論結果回到原本的組別，分享給每一位組員。我在活動中加入小組成員互評制度，確保孩子們學習的用心與投入程度。

「問題發想」則刺激學生在主動理解文本後，思考如何濃縮重點精華，轉為有意義的提問（必須根據文本內容）。每位同學在過程中學習傾聽，也學習口說表達，用高中生的語言教學相長。其間笑聲不斷，討論聲不絕於耳，沒有人睡覺或滑手機，每個人流露認真思考的眼神，且能在教與被教的過程中，獲得成就感，欲罷不能。比起老師唱獨角戲，把講義內容重述一遍，臺下昏昏欲睡，此法更能激起學生鬥志，為了團體榮譽感與個人教學風評而積極投入。教師也要能習慣學生的各種聲音，避免於討論過程中直接打斷，而改以引導式提問讓學生再次回到主題上。

「拼圖法」活動後的反思心得如下：

1. 人數分配：有多兩位同學必須併入他組，無法一對一直接教學。

2. 提問訓練：儘管已於先前課堂中訓練過「提問方法」，但學生仍需一段時間熟悉「什麼是好的提問」。針對資料，從擷取訊息、統整解釋到省思評鑑，掌握提問層次也有助於理解文章。

3. 成效確認：教師無法仔細確認每位同學是否皆理解正確，只能暫時透過自製的講義內容，讓同學們的教學有所根據。因此第二堂教師可再統整補充，拉出軸線，並示範如何提問。

4. 時間控管：討論費時，但仍有其必要。放下教師心中「一定要教完」的單方執著，轉向教室中的主角——學生，相信孩子們的閱讀速度快過老師的說話速度，看見學生的失誤與停頓，其間的空白才是學習意義發生的培養皿。

5. 教材差異：此法較適用於「平行並列」的獨立知識內容，如地理課臺灣的六大地形及其特色、各項國學常識等。對於有前因後果、聯貫性較強的學習內容，使用拼圖法可能會造成知識系統與脈絡的斷裂。故教學內容的拿捏與分配，仍需教師費心挑選安排。且此法較難表現文學的「情意面」，氛圍的渲染與情境的營造，仍需教師依其專業款款訴說，娓娓道來。

二、報紙拼貼詩，拼出新詩想

「老師，我看不懂詩啦！」、「詩是什麼呀？」、「詩人是不是都亂寫，根本無腦啊！」一連串的唉聲嘆氣，在現代詩教學現場中時有所聞。學生對現代詩無感無力沒興趣，怎麼辦？與其教師在臺上獨自闡述課本選錄的詩作，不如讓孩子們動手動腦共同創作「課堂即時教材」，教師再藉由學生的成果予以評析，進而帶出現代詩的鑑賞方法與多元解讀面向。

坊間許多現代詩教學書中，常見「拼貼詩」此一課堂遊戲。在孩子們對詩的想像力尚未開啟前，透過字詞的拼貼錯接、感官重組、意象聯想，再由小組合作詮釋拼貼詩的意涵，往往能激發孩子們的學習興趣。從兩手一攤的「不知道」到主動積極問「為什麼」，孩子們開始思考手中的詩意碎片，如何延展出豐沛的「詩想」，又如何進一步與文學技巧聯繫呼應，拼湊出獨特而有邏輯的詩的雛型。

詩人蕭詒徽曾發起「限時動態企畫」，他在臉書專頁附上創作步驟：一、任選一份當日發行的報紙。二、剪取標題字詞組成內容。三、附上每一字詞的原始新聞。如蕭詒徽〈窗〉的剪貼成果：「身體愛過你的地方／都已化成玻璃／／如今當你看風景／我就假裝你在看我」。又如〈團康〉：「外婆又變小了／我們拿出放大鏡／前天是媽找到的／今天我要加油」。

我借用其概念，在課堂中說明「報紙拼貼詩」活動步驟：

1.各小組分配一份當日報紙，從報紙中快速選擇某一議題。（五分鐘）例如：政治、娛樂、家庭、犯罪、善行、體育、副刊、社論、天氣、星座、健康、科學、財經、國際、藝術、時尚、廣告、徵才……

2.搜尋每頁主標或副標字詞，拼剪成詩。（二十分鐘）

3.小組共同合作詮釋作品的「詩意」亮點，上臺發表作品與創作心得。（十五分鐘）

活動開始，只見每位組員快速翻動報紙，拿起剪刀隨意亂剪字詞（是的，孩子們直接忘記老師有說明，請先選好議題再創作）。不過看到孩子們興奮地躍躍欲試，我就先放手讓他們自由剪貼。巡組觀察後發現，有的孩子勤於蒐集驚人的聳動標題，腥羶色成分居多（可見當今媒體的新聞下標現象）；有的孩子較為內斂安靜，坐在一旁整理其他同學剪下的隻字片語，試圖拼湊以找出閱讀線索。活動過程中，孩子們在大張白紙上挪動字詞拼組各種可能，那是他們思考詩意的軌跡；其間爆笑聲與討論聲不斷，極具「手感」的一首詩也漸漸浮現出輪廓。

孩子們圍繞講桌旁，引頸欣賞黑板上各組的創作成果，一陣嬉笑聲中，每一雙眼睛都在發亮。各組創作小詩舉例如下：

1. 飛機失事／輪船撞上／夢的／財務報表／啊痛

2. 清眼淚／洗水塔／記憶化糞池清理／自備水肥車、囚車、救護車

3. 不微笑老男人／舊夢化作／務實穀米／憂慮／失智危機

4. 光／失業／宇宙／渾沌／酷熱／暖冬／要命

5. 明星跳進／鏡子裡／老百姓／住在／廁所馬桶中

「報紙拼貼詩」有其笑／效果，也有其局限。作為活絡課堂氣氛的小組遊戲，它能帶動學生從日常語彙中翻出異樣畸形的語句，進而鬆動孩子們對於語言與文法的既定慣性認知。然而，報紙字句的「剪貼破壞」固然容易，「重建組織」則需花時間仔細推想討論。以「明星跳進／鏡子裡／老百姓／住在／廁所馬桶中」為例，教師可拋問一連串的「為什麼」來引導學生思考，從混亂瞎掰的靈光一閃，慢慢抽繹出意義的軸線：為什麼明星會跳進鏡子？鏡子可能代表什麼？為何跳進去的不是老百姓？又為何老百姓住在廁所馬桶？這一行詩裡的明星和老百姓，有什麼關聯？

孩子們可以即時搶答，教師再依答案往下探問。如剝洋蔥般Q＆A，一層又一層，師生共同探入詩意的內核。相較其他經典詩作來說，拼貼詩只是粗糙草稿；然而孩子們天馬行空的靈光閃現，以及同儕討論、師生共讀共想的課堂經驗，或許將成為未來孩子們悠游文學海洋的美麗起點。

文學相對論：穿越恆河沙世界的飛船

詹佳鑫╳張敦智

致敬：周夢蝶與我

佳鑫（I）：

望著木架上由小而大、並肩微笑的俄羅斯娃娃，感覺自己身處其中，往前、再往前，就快成熟茁壯，寫完論文了——這是碩論口考後的某一個七月下午，和指導教授最後一次的愉快meeting，明星咖啡屋。「你看，有鑫又有星，拍一張吧！」我咚咚咚跳上樓梯，眼角對到那傳說中的寬柱，閃光一亮。

師生倆在武昌街旁凝望，彷彿夢蝶書攤浮現輪廓，恍惚成型……一九五九年，周夢蝶在此擺攤販售詩集與文學雜誌，蹲守二十一年，儼然臺北文學地標。

敦智，你是如何遇見周夢蝶的呢？二〇一一年，我高三，某日下午跟著凌性傑老師和一群詩社建青學長學弟，直奔國賓長春影城看《他們在島嶼寫作：化城再來人》。闃黑影廳內，緩緩沉沉，周公洗澡、吃麵、搭車；認真而慎重地，沉思、寫字、讀信……我出神望著銀幕上的佝僂嶙峋，為那執著而美的精神震懾。那是青春期一次強烈的「詩感」衝擊。

大二下曾到臺大文學院旁聽「觀照與低迴：周夢蝶國際學術研討會」，首次嗅聞學術的嚴謹與豐實。多年後研究現代詩，讀到陳育虹〈印象〉：「他已經瘦成／線香／煙／雨絲／柳條／蘆葦桿／瘦成冬日／／一隻甲蟲堅持的／觸角」。他堅持，他觸探，他形瘦而心韌，出入佛道又不離紅塵。

他寫「是水負載著船和我行走？／抑是我行走，負載著船和水？」也說「行到水窮處／不見窮，不見水——」他進入〈濠上〉：「他們和我，同在一胞黑色的／從未開鑿過的春天裏合唱著冥默／不知快樂，比快樂還快樂……」也徘徊〈菩提樹下〉：「雪是雪、雪既非雪、雪還是雪」。禪意辯證是周公詩風，但我更愛他詩中的天真與深情。如〈菱角〉的童心想像：「有人正在蒸煮、販賣蝙蝠的屍體！」以及〈囚〉對於世間聚散的迷惘與懸念：「梅雪都回到冬天去了／千山外，一輪斜月孤明／誰是相識而猶未誕生的那再來的人呢？」

敦智，聽說周夢蝶也吃素！如果我們三人一起去料理王自助餐吃素，應該很好玩吧！我想調皮跟他說，在下少作《無聲的催眠》詩集封面，有你的名字；我也想問問他，寫作與修行，是否曾遇過衝突？就像我近日揣摩的美麗詩句：「迢遙的地平線沉睡著／這條路是一串永遠數不完的又甜又澀的念珠……」

敦智（Ｉ）：

原來當年國賓長春影城有播《他們在島嶼寫作：化城再來人》！那裡後來也變成我的基地。當時在臺中要看幾乎只能透過ＤＶＤ，不知道怎樣可以讓學校購置，零用錢也捨不得花。可以集體感受與沉浸真幸福。

我與周夢蝶的邂逅也發生在高中，比你更混亂、幽微。學校圖書館藏書在地下室，利用短短十分鐘往下跑，心理與生理加乘，便是一趟趟充滿想念的墜落。我是在那不甚光明的地底——彷彿卡夫卡《地洞》場景——經由同學口耳推薦，讀到周夢蝶。因此隱隱發現，怎麼將心中的搔癢、不安、與刺痛，展開成一片土壤，甚至一個世界。比如〈孤獨國〉：「這裡沒有嬲騷的市聲／只有時間嚼著時間的反芻的微響／這裡沒有眼鏡蛇、貓頭鷹與人面獸／只有曼陀羅花、橄欖樹和玉蝴蝶」。對當時的我而言，讀周夢蝶既感到進入，又像回來。那些我無法言語的事物，都透過他嶙峋的手指為我點出，且一一命名了。

我感覺自己被他的鏗鏘擊中，亦被他的安靜圍籠。修道的哲思，似乎為他筆下帶來更大的世界。倘若他能同意我的說法，我想這就是哲學之於文學的意義。因為我們心中開始有價值、有疑惑、有判準；面對滾滾紅塵，找到方法可以下手丈量。而丈量之後，重新給定刻度的結果，就是一首詩的誕生。你也有這樣的一把尺嗎？你心中的「詩」是如何誕生的呢？

因為你的可愛與調皮，我們三個一起吃料理王一定能有說有笑。如果可以，我想與他暢談佛學，但若我不小心讓氣氛太嚴肅，你要幫我重新炒熱。那場景會像我們仨坐一扁舟，川流於《地藏菩薩本願經》描述的時間裡：「一恆河沙，一沙一界，一界之內，一塵一劫，一劫之內，所積塵數，盡充為劫。」有當下，有四方。

回返：詩的時光機

佳鑫（Ⅱ）：

是啊，佛法通天徹地，在宇宙四方，也在眼前筷上，一截軟茄內部纖細排列的肌理。我總以為，詩理與佛理有相通的特質，不說破，專注，引人聯想深思。詩看似言說，實是重建沉默。

只是青春喧嘩，言語浮誇，十七歲的南海路，精神與肉體光電奔馳，衝在情敵的前面，落在一首詩恍惚的後面。兩階一跳上天橋，滑過南海郵局的黑玻璃倒影，慾氣，快步過牛肉麵攤，接著警察局，星巴克，彩券行，燒餅油條和南門市場，一路上都是多情的隱喻，那是青春之詩怦然的節奏。

二〇〇八年我進建中，買了制服，也買了特價的《九十年詩選》。淡紫書脊，褐黃色煙霧封面，那是對詩陌生與好奇的衝動（雖然至今仍未讀完）。從小詩人必備楊牧《一首詩的完成》到白靈《一首詩的誕生》，詩是莫比烏斯環，走呀晃呀沒有終點，完成又再生。

得到全國學生文學獎、台積電青年學生文學獎的初夏午後，濕熱凌亂的教室裡，我仍記得那全身發燙的鬆軟感覺。蟬聲唧唧，我是一塊快樂初熟的檸檬糖霜小戚風。

敦智（II）：

我對詩的啟蒙其實是繪本。小時候媽媽買一整套，因為我不愛上幼稚園，學齡前、休學後，整天趴在家裡翻看；裡頭的鬼怪故事幫我在眼前一次次立體地繪製了現實。小學一年級，國小辦的新詩比賽——我實在沒有清晰印象，都是靠事後大人轉述——我寫：「媽媽像一隻老虎／她的眼睛像一對監視器／她的腳像輪胎」。如果真正的因果關係實不可循，但仍要脈絡式地猜想，那應該就是繪本世界透給我的靈光。

國中讀余光中〈翠玉白菜〉，有陣子瘋狂地到書店搜刮他的詩集。包括《白玉苦瓜》、《蓮的聯想》、《藕神》、《與永恆拔河》。今年（編按：二〇一九年）的二二八剛過，對我而言，這些如今都是無可苛責的過去。我是到此刻才第一次辨清，我當時著迷的其實並不是其中詩藝，只是對詩這個文體，試圖展開當時所能觸及最大的行動網羅。當時也買了洛夫《因為風的緣故》、鄭愁予《雪的可能》，感覺迷津中有趣味，但無人指點，後來也漸漸少看了。

盧卡奇（Georg Lukács）在《小說理論》裡，對詩有這樣的描述：「任何芝麻蒜皮的小事都逃不過詩的重力……因為一切事物中根本沒有不重要的，如果詩人有此念頭，那麼他語言的重量與內容就會先背叛他。」如今你也是高中老師，除了寫詩，也常有機會教詩。因為我總有這樣的困擾，所以想拿來請問老師：綜合這些方面，你如何理解詩與這個世界的關係呢？

眺望：詩與遠方

佳鑫（Ⅲ）：

詩對我而言，像一艘問號形狀的飛船，在夢的邊緣飄浮徘徊。寤寐虛實，遼闊深遠而永不句點。我高中時不愛讀小說，曾問吳岱穎老師：「可以用一句話解釋小說嗎？」多年後，竟換學生問我：「可以用一句話解釋詩嗎？」

這幾年，有幸在島嶼各國高中演講評審，分享創作與教學心得，有心寫詩的孩子拿作品來，我總是鼓勵肯定，再誠懇而謙虛地問：「為什麼是這個詞？這句有其它意思嗎？哪裡可再刪減？

形式鋪排的意義？標點的語氣與字的聲音……」誠然，文學批評與審美標準並非絕對，只是在教學上，學院派的細緻鑑賞仍有助於學生累積創作基本功。一位優秀的作者，也必須是一位優秀的讀者。那包含對文本知性的批判反思，以及情意的接收、詮釋與抒發。

我喜歡在「詩意挖挖哇」的文學提問基礎上，設計各種親民新穎的教學活動。學生總說詩讀不懂，我說詩最初是種「fu」。教學者意會此「fu」更要言傳，從小詩開始，先問感覺，再問細節；從兩手一攤的「不知道」到主動積極的「為什麼」，進而讓孩子意象聯想、感官重組、字詞錯接、形式分析，思考深層詩意與文學技巧的聯繫呼應，共同見證一首詩的誕生。

關於寫與教學，還有好多好多。未來有機會，我想用一本書來說。或許畢業之後，孩子們不再翻開詩集；但那些曾因一首詩而驚訝欣喜的眼睛，已經為自己點亮了一次次青春珍貴的，與文學相遇的美麗時刻。

敦智（Ⅲ）：

我想一位創作者的成熟，都奠基於對自己充足的提問之中。你的教學正好示範了這點：透過細細的提問，讓創作離原初直覺再遠一點。那樣的提問，對初學創作者而言近乎內傷，對初始的感情，拿砂紙輕輕擦拭；而對自己問得越多，最終成品就被打磨得越有光澤。

沒有老師教過我讀詩，能在青少年時期有人陪同探索，一起質疑過文字，因此學會珍惜文字，是彌足珍貴的。就算往後再也不讀詩，這份細膩也會保存在生命中。

我想你在詩的細膩裡，已經自行、以及為學生都做了充分演示。我想打開另一種對詩的想像，是關於詩的地圖。我在想，社會學有巨觀與微觀之分，相對地，詩有沒有可能建立起宏觀的視野？從臺灣詩的脈絡，到中國詩、日本、韓國、東南亞、甚至歐美，不同的感性書寫，格式與技巧或許大相逕庭，卻一體以蔽之。如此想像，詩自有其萬象與版圖。二〇一八年第二十屆臺北電影節做過東南亞專題，去年遠流出版《緬甸詩人的故事書》，我也眼睛為之一亮。如果這一門技術關乎自我梳理，那麼長久以來，勢必也關乎理解他人。有沒有可能透過詩串連起對不同地理空間的認識呢？或許我不會成為一名詩專家，但我喜歡想像跟好奇那樣的世界。若有問題，我要去翻你的書，看能不能從其中找到關於詩藝的解答。

反正我對詩的學習還沒開始，屆時以你的書為起點，應該是很好的選擇。

推開那些隱形的門

下午打掃時間，校園喧嘩，我跟著外掃股長到廁所例行檢查。男孩們擦拭鏡子、清理水槽、刷洗小便斗、打包垃圾……在走廊轉角這一方小空間裡，排泄與清潔正同時發生。

廁所易予人髒汙、潮溼、陰暗的聯想。二〇〇〇年四月二十日，屏東縣高樹國中葉永鋕被發現倒臥廁間血泊中。他氣質陰柔，在校多次遭同儕言語挑釁和脫褲霸凌，只能在下課前匆匆去廁所。那天，沒有人見到他回來。

我曾寫下〈祕密廁所〉一詩，向孩子們訴說這段震撼臺灣教育界的性平事件。這社會仍有許多性別成見與框架，無形中排泄掉「少數的」、「不正常的」（娘砲、甲甲、臭GAY），再加以清潔掩飾，彷彿一切依然安穩舒適。男孩們望向投影幕《不一樣又怎樣紀錄片：葉永鋕篇》，神情凝重專注，幾位淚眼潸然。

每年遇見新一屆的孩子，我都會以此事件作為起點，在相關課次中延伸性別議題的討論。「性別平等教育」為十二年國教國語文領域的第一項重大議題，包含肯定自我與尊重他人性傾向、性別特質與性別認同，了解圖像、語言與文字的性別意涵，解析各種符號的性別權力關係，並探究社會文化、傳播媒體對身體意象的建構與影響等。

檢視過往高中國文課本篇章，聚焦性別議題者極少。大多仍需教師有意識地補充開展，並結合時事，才能讓孩子們有感於「生活無處不性別」。記得陳芳明老師曾說：「過往我們閱讀的文學史，基本上是中國、漢人、男性、異性戀文學史。」而這套史觀，則悄悄在國文課本中被建構、鞏固。近年隨著課綱異動，選文篇目稍有調整，如討論度極高的〈畫菊自序〉一文，若要談得細緻，需從國族、性別、階級、倫理與美學等角度切入，而非僅以「張李德和是日治時代女性，依然能夠自我實現」來簡單帶過。

青春萌動的高中生，對愛情懷抱著憧憬與想像。課本選錄的相關詩文，往往以等待、思念為主題。我常提示孩子們，文學的核心是「同情共感」，試著將自己當成主角，你會有什麼選擇？你能有選擇嗎？在那個情境下，你是什麼心情呢？譬如，鄭愁予〈錯誤〉一詩，歷來解讀思婦的深情與哀愁，令人動容。但經過小組討論，男孩們口出豪語：「這首詩真的很『錯誤』！別再等啦！」「蓮花自己種，柳絮自己飛，春帷請打開走出去謝謝。」是的，這就是男校情意教學常見的「出戲」日常。眾人爆笑之際，我默想：「是呀，你們已然觸及親密關係的核心。」

關於等待，洛夫〈愛的辯證〉呈現了堅貞不渝和通權達變兩種不同的愛情觀；而古詩〈行重行行〉：「思君令人老，歲月忽已晚。棄捐勿復道，努力加餐飯。」末兩句是在跟遠方的丈夫說呢？還是跟自己說呢？換個角度，往往能讀出許多有趣的性別意涵。此外，琦君〈髻〉除了以母親與姨娘的「髮結／心結」來賞析，也能引出如多元成家、婚內失戀、消失的丈夫等現代議題思考。

在我曾開過的文學課、多元選修與彈性課程中，我訓練孩子們仿照大學課堂模式，跨領域結合當代議題，事先撰寫導讀單、發想三層次提問，與我meeting後上臺報告。意外地，有幾組都從性別角度切入，如張愛玲〈紅玫瑰與白玫瑰〉、〈傾城之戀〉；白先勇〈樹猶如此〉；李昂〈花季〉；馮夢龍〈杜十娘怒沉百寶箱〉；蒲松齡〈恆娘〉等，我在臺下望著他們發亮的雙眼，備感欣慰。

課堂上，我簡介巴特勒性別操演、賽菊寇酷兒理論，寫下LGBTQIA[1]；播放艾瑪華森的聯合國平權演講，談到「HeforShe」，有同學認為「異男」也是弱勢，何謂真正的「女性主義」？《82年生的金智英》如何面對「媽蟲」的譏諷，在傳統母系的循環中實現自我？丹麥女孩與莉莉

---

1 「LGBTQIA」分別指涉：Lesbian女同性戀、Gay男同性戀、Bisexual雙性戀、Transgendered跨性別、Queer酷兒、Intersex雙性人、Asexual無性戀。

難分難捨的情感，她們如何找到安頓生命的方式？這些思辨的火花，我格外珍惜。

當然，青春的迷惘未曾止歇。曾有幾位孩子對我吐露焦慮：渴望變性、偷穿女裝、戴耳環假髮、喜歡副班長卻被已讀不回……這些真實的煩惱，正困擾著十七歲的身體與心靈。也有孩子在週記裡向我出櫃、在作文中力挺自己的同志朋友。我感謝孩子們的信任，一一聆聽他們的故事；而我始終相信，答案就在自己身上，總有一天，都會明白的。

放學鐘響，回到辦公室，窗外晚霞橙紅燦爛，籃球落地聲漸歇。我望著繫在書櫃旁的彩虹絲帶，是命運帶我來到這裡，與孩子們一起推開那些隱形且封閉的門。教育路漫漫，期許自己永保這份溫柔的初衷。

永恆迴盪的鐘聲

我的新竹，是從教師甄試的鐘聲開始的。

四月中旬，天陰微涼，新竹火車站廣場湧現數百位老師，紛紛招手攔小黃，急忙趕赴新竹高中第一關筆試。這是教甄考季，日夜顛倒，時序錯亂，行李箱、火車票、應試筆記、板書資料夾與各校ＡＴＭ報名費匯款……零零散散變成一陣龍捲風齜牙咧嘴扭腰襲來，捲得人頭暈目眩，心浮氣喘，龍爭虎鬥只為爭搶一個正式缺。

我記得竹中複試那天，早上七點二十就要報到，前一晚仍不放棄機會考完麗山初試，火速搭車夜奔新竹，就近找一間旅舍又開始排練上臺試教。那陣子常回建中借空教室，從早練到晚，講到聲音沙啞，手痠腳麻，滿臉黃綠粉筆灰。複試像一場表演，五位資深評審會綜合檢視一位老師的動態實力。除了鑑賞各類文本的基本功外，考生無不展現亮點與氣勢，我彷彿能從進複試的六位老師眼中聽見那火燙燙的吶喊：「不選我，選誰？」

屏息，抽題，一號籤〈燭之武退秦師〉。心想哎呀，好硬的篇章——燭之武說服秦穆公撤軍退兵，我要說服評審錄取我。

結束校長室第三關行政口試，精力殆盡。回程繞到城隍廟，在巷口一間滋味齋素食坐下來，點一盤炒米粉和當歸湯。我永遠記得那湯的滋味，溫潤厚實，甘芳濃郁，裡頭有一份盡力的自信與安定。

新進教師報到那天，辦公室老師們熱情奔放歡呼迎接，我一臉怯生生彎腰直道不好意思謝謝老師。一隻紋白蝶載著清新綠意從窗外蹁躚飛入，我知道，我的教職生涯就要開始。

新竹給我的最初印象是施工之城。近一年常見柏油路翻修，動物園、竹中圖書館、劍道館、火車站、文化局圖書館都在整建，遠一點的青草湖也圍上鐵皮不見水。我的新竹很新，鏗隆鏗隆，一切都尚未成形，保有最迷人的彈性。考上竹中的那個暑假，自己飛去日本京阪神奈玩一圈，買回許多ins風網美小物。我喜歡看Lo-fi house房間改造影片，繼續購入布置軟件，開始著手裝潢理想小屋：漸變灰刷色地毯、北歐風金細腳矮圓桌、懸掛式空氣鳳梨、落地麻袋虎尾蘭、氣壓揉捏按摩椅、MUJI超音波芬香噴霧、藤編圓球角落燈、簡約黑線條掛布與星星小燈串……它們伴我備課改作業，彷彿專屬咖啡廳。夜闌人靜時我用高腳杯喝柳橙汁，聽鄧惠文Podcast，像一隻貓在床上拉筋伸展，打幾個久違的、深長的哈欠。

開學前，布置好辦公桌，我為自己寫下理想教師圖像：優雅、美善、成熟又可愛，望之儼然即之也溫，持續充實教師專業知能。只是開學後繁雜瑣務一波波翻湧而來，各項工作亦須從零建置：學期初給家長的信、班級整潔工作分配表、同學連絡表、打掃紀錄單、班級幹部與小老師表、班級經營規劃、幹部執掌表、幹部選舉策略、國語文競賽作文訓練、國文考科應試準備……

表單作業與各項簽名核章是導師日常，棘手的是處理學生突發或長期潛伏的狀況：上課玩小刀打火機、在高樓走廊翻跳練舞、人際困擾、感情問題、家庭革命、自傷自殘、網路成癮、特殊生輔導，以及平時打掃監督與生活常規要求……班導師有如千手觀音，接招拆招，所幸教程修習的輔導原理與實務和特殊教育概論派上用場，並配合輔導室與學務處關懷網絡，大抵平安無事。只是高中生的生活習慣、責任感與學習態度之養成非一蹴可幾，許多細節與人情常有難使力之處。

儘管如此，我仍珍惜每日與孩子相處的時刻。晨光刺眼，繞過圓環騎上東門街，迎面撞來巨大亮白，胸口微微發燙，帶著興奮與雀躍，過地下道右轉麗池公園，再沿東山街緩緩上坡，淳樸呆萌的竹中男孩嬉笑並肩與你擦身——嗨老師！那瞬間我感覺整座新竹都在抽高長大，喉結鬍髭，筋肉骨架，路一條條往外延伸再延伸，凡走過處都生出草，迴盪著豪情狂語起伏迤邐，葳蕤蓊郁百鳥爭鳴。

我的新竹很新，實習完剛好遇上第一屆一〇八新課綱高一新生。記得進班第一天，看他們紅潤軟白的小臉，眼神明澈有光，不禁燃起一股鬥志：我想與孩子們一同感受文學的美好，國文當然可以活潑有趣又實用。

新課綱上路，一週國文課減至四堂，如何在基本的文意理解上，深入闡發字句內部隱藏的情思與義理，進而向外連結素養導向議題，情境化又跨領域，讓學習在實境中遷移，凡此種種對老師皆是考驗。我嘗試過ＩＧ直播唐詩小考、手機kahoot競賽搶答、圖像詩分組鑑賞與即席創作、〈一桿稱仔〉創意微電影嘉年華、〈師說〉知識型youtuber網紅利弊分析、從段義孚《逃避主義》談〈桃花源記〉、以美國大數據教師評鑑弊案切入〈廉恥〉、走出教室到小森林實踐〈發現事理的樂趣〉、從〈髻〉談到《婚內失戀》親密關係心理學、藉洛夫〈愛的辯證〉延伸一堂戀愛課、以竹中校園審美選拔結合「獨抒性靈，不拘格套」的公安派主張⋯⋯

好多好多。我感謝少年們的熱情捧場，也常「滾動式修正」自我扣問：如何在學科本質的基礎上，善用形式而不淪於花拳繡腿，活化教材內容又能兼顧深度與趣味？教與學乃一體兩面，它具有重複與創造的矛盾特質，枯燥有時，豐潤有時，箇中滋味，甘苦自知。

初至新竹，時間幾乎都投注在學校事務。我課上得用力，下班後繼續備課忙碌，有時與家長來回電話溝通，心中常掛記班上求助的孩子。菜鳥新手尚不知如何分配工作輕重，第一學期聲帶就長出囊腫，講課沙啞吃力，睡眠不足，懊惱煩憂。照了內視鏡，醫生建議開刀切除，後來回臺北榮總接受類固醇注射手術，才驚覺聲帶與心靈保養是老師的重要功課，教學路長遠，不可不慎。

難得清閒的週末時光，我會用google map來趟新竹小旅行。有次獨自騎車到南寮漁港，彎過翠綠稻田再直直向前，腥鹹暖熱的海風迎面撲來，孩童奔跑的嬉笑聲像一隻隻蜻蜓，在陽光下交錯起飛。我呆坐草地，看一架架風箏在空中飄揚、盤旋，拖曳長長的彩色尾巴，好希望此時朋友陪伴身旁，傾訴生活喜悲。隻身一人來新竹闖蕩，同事與學生的關愛是我的精神支柱，只是偶爾難免孤獨，「誰說一個人不能放風箏？」我踩著淘氣步伐走向白髮阿嬤，用兩百五十元買一架彩虹菱形風箏。沿海大風咆哮襲捲沙塵，寬鬆衣褲獵獵作響，我以倒退之姿瞇眼緩步回草坪，鬆開風箏線，掌心倏地一陣力量將我往前拉。轉身，逆風我開始拉著天空奔跑，稚子幼童三兩在旁，仰頭對我投以欣羨的目光。

我也曾騎去香山濕地看夕陽，從木棧道走往泥灘地，小小深灰色招潮蟹咻地竄入爛泥洞，復又微微探頭左顧右盼，像在確認自己的家。腳踏車綠色隧道一路蜿蜒，情侶甜蜜雙載，家庭幸福共乘，午後暖陽從樹梢葉隙篩落搖曳，綿延整條十七公里海岸線，而我仍在學習一人異地散步的自在悠閒。

青青草原、山城內灣、竹東小鎮、北埔老街，甚至夜衝湖口山上的夏季三角景觀咖啡廳……我像集點寶寶四處打卡，享受自由與獨立的滋味。某晚自己在大遠百威秀影廳看完《海上鋼琴師》，子時，下樓的透明電梯裡，內心懷著感動，倏地就望見遠方黑幕炸開煙火，才驚覺今晚是跨年夜。電梯很快到了一樓，煙火也消失不見。在冷風颼颼的無人街頭，遙遠仍可聽見煙火隆隆的餘響，像是璀璨的掌聲兀自綻放。

年近而立，新竹走踏，彷彿重啟一段夢幻青春期。少年纖細的觸角往外探，帶著一點陌生，一點熟悉，拔河、同樂會、大隊接力、合唱比賽、畢業旅行……那些在迷濛光影中經歷的青春物事，現正清晰地循環上映。期末讓孩子寫回饋單，一方面讓他們回顧學期所學，一方面亦作為自身教學之客製化精進參考。讀著男孩們溫暖又直白的文字，不禁莞爾：「校草用心，人帥字美歌好聽，祝你天天謙虛天天加薪。」「老師一直嗨，學生笑嗨嗨，成績就會HIGH！」「老師對生命有細膩的體察，但在感情上未完全領悟，很像未成熟的、和我們一樣的少年。」

我想起建中高三那晚畢典，眾人在走廊丟刮鬍泡，你追我跑，歡呼尖叫。十年過去，在新竹高中教師第一年，我寫下一首詩〈學府路之春〉。熟悉的男校與卡其色春天，彷彿我十七歲的延伸。走在文學的路上，有奇花異果、和風好鳥；走在青年學子的人群中，有笑語豪情、清新溫煦圍繞。光陰流轉，小獸嬉戲，在純真與衝勁的晨光裡，願這美麗的鐘聲永不止息。

作品繫年與發表出處

（各輯按創作發表先後排序）

輯一　建中小少年

・小陽臺（《自由時報》，二〇一〇年六月六日）
・另一間教室（《自由時報》，二〇一〇年九月二十四日）
・那些必要與不必要的（《自由時報》，二〇一〇年十月十六日）
・博愛座事件（《自由時報》，二〇一〇年十二月二十四日）
・等待（一〇〇年建中課堂優秀文選）
・蒼蠅人（一〇〇年建中紅樓文學獎　散文第二名）
・城市貓語（《自由時報》，二〇一一年三月六日）
・圖書館異次元空間（《自由時報》，二〇一一年五月二十日）
・自拍時代（《中華日報》，二〇一一年六月）
・那些留下的與遺忘的（《自由時報》，二〇一一年六月十七日）

・憂鬱甜豆花（《自由時報》，二〇一一年七月九日）

・我的小宇宙（《自由時報》，二〇一一年九月三十日）

・一個人的夕陽（《人間福報》，二〇一一年十月五日）

・一隻魚的潮流世界（第二十九屆全國學生文學獎　高中組散文第二名）

・南海路56號（二〇一一年十月）

・有朋自臉書來（《自由時報》，二〇一二年八月十六日）

・山城天燈之夜（《自由時報》，二〇一三年八月十七日）

・珍珠奶茶節（《聯合報》，二〇一三年八月二十一日）

・尋字啟事（《自由時報》，二〇二三年七月十四日）

・前往詩的光點（《聯合報》，二〇二三年七月二十六日）

輯二　臺大二三事

・催眠考（二〇一一年十月）

・新鮮人新鮮初體驗（《自由時報》，二〇一二年四月二十二日）

・寶藏（《自由時報》，二〇一三年一月十二日）
・總圖二三事（《聯合報》，二〇一三年三月十八日）
・臺大小札之一（二〇一三年）
・臺大小札之二（二〇一三年）
・文字學作業（《中華日報》，二〇一三年十一月十四日）
・打烊時分（教育部文藝創作獎　散文首獎，二〇一四年四月）
・杜鵑花事（臺大《花火時代》專欄，二〇一六年三月二十二日）
・速記：研究所放榜（二〇一五年）
・補習的日子（臺大《花火時代》專欄，二〇一六年五月三十日）
・預約下一場緣會（《聯合報》，二〇二一年十月十四日）
・旁聽生——文學獎記錄二三事（《聯合報》，二〇二二年五月一日）

輯三　家事

・菜市場那些小事（全國懷恩文學獎　散文首獎，二〇一二年）

- 這裡沒有鬼（《中華日報》，二〇一二年三月十七日）
- 一對父子在路上（《自由時報》，二〇一二年七月八日）
- 小熊維尼筆記本（《中華日報》，二〇一二年七月十三日）
- 麵茶印象（《中華日報》，二〇一二年十二月二十九日）
- 香事（《中華日報》，二〇一四年一月十七日）
- 素食實習生（臺大中文《踏歌》系刊第三十四期，二〇一四年六月十二日）
- 蔬菜節（《聯合報》，二〇一四年九月六日）
- 口香糖道歉啟事（《聯合報》，二〇一五年三月三十一日）
- 紙彈男孩（臺大《花火時代》專欄，二〇一六年六月三十日）

輯四　情悟

- 小D（《幼獅文藝》，二〇一七年二月）
- 霧中三仙臺（《聯合報》，二〇二〇年二月十六日）
- 雪路獨行（《幼獅文藝》，二〇二〇年三月）

・回診（教育部文藝創作獎　教師組散文優選，二〇二〇年四月）
・伏見稻荷（《聯合報》，二〇二〇年四月三十日）
・合掌村合掌（《聯合報》，二〇二〇年五月十四日）
・望夫石，起來！（《聯合報》，二〇二〇年六月十日）
・雙心石滬（《聯合報》，二〇二〇年七月九日）
・莫比烏斯古亭河濱（《聯合報》，二〇二〇年七月二十八日）
・孤獨排球（《聯合報》，二〇二〇年九月三日）
・星星部落（《聯合報》，二〇二一年一月二十七日）

輯五　日常顯微鏡

・太平洋上的兒歌（《中華日報》，二〇一一年七月三十日）
・時間的流向（《自由時報》，二〇一一年十月十五日）
・開門（《中華日報》，二〇一三年四月二日）
・郵差點名（《自由時報》，二〇一三年六月十六日）

・牙病（《中華日報》，二〇一三年八月二日）
・輻射飛椅的祕密（臺大《花火時代》專欄，二〇一四年十一月十五日）
・街頭藝人（臺大《花火時代》專欄，二〇一五年三月二十七日）
・在復健室（第18屆臺大文學獎　散文第三名，二〇一五年）
・廁間習字（《聯合報》，二〇一六年三月十七日）
・賣時間的人（臺大《花火時代》專欄，二〇一六年五月四日）

輯六　國文老師新上路

・國文課二三事（國文課≠課文國　論壇，二〇一七年六月）
・文學相對論：穿越恆河沙世界的飛船（《聯合報》，二〇一九年四月二十一日）
・師生合作拼一拼：拼圖論語，拼貼現代詩（《幼獅文藝》，七九二期，二〇一九年十二月）
・求聲記之一（《聯合報》，二〇二〇年三月六日）
・求聲記之二（《聯合報》，二〇二〇年三月二十四日）
・國文老師新上路（《幼獅文藝》，八〇一期，二〇二〇年九月）

・偉大的迷路（青春博客來《讀家vol.50》20&21特別號，二〇二一年一月）
・永恆迴盪的鐘聲（《聯合報》，二〇二一年六月二十二日）
・推開那些隱形的門（《聯合文學雜誌》，二〇二二年八月）

作者簡歷

經歷

作品收入《生活的證據：國民新詩讀本》、《飲食文選》、《新世紀新世代詩選》、《性別平等議題多元選讀本》等，多年入選《臺灣詩選》、《臺灣現代詩選》，於《當代臺灣文學英譯》兩度翻譯國外，收為多家高中國文出版社教材，亦獲沂風室內合唱團改編為合唱曲。曾任臺大《花火時代》駐站作家，參與華文朗讀節、臺北詩歌節、《創世紀》一九八〇後新銳詩人特集、數位原生代詩選、臺港澳一九九〇世代特輯等。

曾獲國文科全國super教學獎、擔任一〇八課綱高中國文課本編撰委員，獲邀《天下雜誌七一〇期》教育特刊優秀人物專訪。拍攝龍騰YouTube「你應該從高一就開始」國文學習短片，合著有多種高中課外閱讀、國寫作文與學測總複習暢銷書。

創作獲獎

教育部文藝創作獎散文首獎、懷恩文學獎散文首獎、新北市文學獎新詩首獎、全國好詩大家寫新詩首獎、臺大文學獎新詩首獎、全國語文競賽教師組作文特優、新竹市第一名、鍾肇政文學獎新詩二獎、宗教文學獎新詩二獎、桃城文學獎新詩二獎、竹塹文學獎、全球華文文學星雲獎、臺北文學獎、全國學生文學獎、台積電青年學生文學獎等。

各類著作

- 詩集：《無聲的催眠》（榮獲第一屆「周夢蝶詩獎」首獎出版、入圍誠品閱讀職人大賞、獲選為「文化部中小學優良推薦讀物」）
- 研究論文：《空意、情思、聲姿：陳育虹詩藝論》（榮獲「全國臺灣文學傑出博碩士論文獎」特優）
- 國文閱讀測驗書：《閱讀成長蛻變》、《老師在線上：高中國文考科全範圍混合題》、《現時動態：從60組混合題閱讀世界》

・學測國文總複習：《搶分祕笈：圖像筆記A++》
・學測國寫作文書：《SDGs議題國寫指南》、《作文憑實力：知性情意寫作20招，教你學測國寫拿A+》（即將出版）
・散文集：《請問少年》（榮獲國藝會出版獎助）

星叢

請問少年

2023年8月初版 定價：新臺幣360元
2024年5月初版第三刷

著　　者	詹　佳　鑫
叢書編輯	杜　芳　琪
內文排版	菩　薩　蠻
封面設計	廖　　　韡

出　版　者	聯經出版事業股份有限公司
地　　　址	新北市汐止區大同路一段369號1樓
叢書編輯電話	(02)86925588轉5394
台北聯經書房	台北市新生南路三段94號
電　　　話	(02)23620308
郵政劃撥帳戶	第0100559-3號
郵撥電話	(02)23620308
印　刷　者	文聯彩色製版印刷有限公司
總　經　銷	聯合發行股份有限公司
發　行　所	新北市新店區寶橋路235巷6弄6號2樓
電　　　話	(02)29178022

副總編輯	陳　逸　華
總　編　輯	涂　豐　恩
總　經　理	陳　芝　宇
社　　長	羅　國　俊
發　行　人	林　載　爵

行政院新聞局出版事業登記證局版臺業字第0130號

本書如有缺頁，破損，倒裝請寄回台北聯經書房更換。 ISBN 978-957-08-6984-2 (平裝)
聯經網址：www.linkingbooks.com.tw
電子信箱：linking@udngroup.com

國|藝|會
NCAF

國家圖書館出版品預行編目資料

請問少年/詹佳鑫著．初版．新北市．聯經．2023年8月．
280面．14.8×21公分（星叢）
ISBN 978-957-08-6984-2（平裝）
[2024年5月初版第三刷]

863.55 112009480